Karl von Reinhardstöttner

Die Plautinischen Lustspiele in späteren Bearbeitungen

I. Amphitruo

Karl von Reinhardstöttner

Die Plautinischen Lustspiele in späteren Bearbeitungen
I. Amphitruo

ISBN/EAN: 9783743456389

Hergestellt in Europa, USA, Kanada, Australien, Japan

Cover: Foto ©Andreas Hilbeck / pixelio.de

Weitere Bücher finden Sie auf **www.hansebooks.com**

DIE
PLAUTINISCHEN LUSTSPIELE

IN

SPÄTEREN BEARBEITUNGEN.

I.

AMPHITRUO.

VON

DR. CARL von REINHARDSTOETTNER,

DOCENTEN AN DER K. T. HOCHSCHULE ZU MÜNCHEN &c.

LEIPZIG 1880.

WILHELM FRIEDRICH

VERLAG DES »MAGAZIN FÜR DIE LITERATUR DES AUSLANDES«.

Vorwort.

Portugal feiert soeben den dreihundertjährigen Todestag seines grossen nationalen Dichters Luiz de Camões. Der Wunsch, eine kleine Gabe zu diesem Feste beizusteuern, veranlasste die Veröffentlichung vorliegender Studie, welche sich auch mit dem Dichter der Lusiaden beschäftigt. Sie bildet einen kleinen (einleitenden, darum anfangs etwas eingehender gehaltenen) Theil zu einer umfassenden Arbeit, deren Aufgabe sein soll, die hervorragendsten Bearbeitungen sämmtlicher Lustspiele des Plautus zu beleuchten, und mag als solcher zugleich die Frage beantworten, ob die für die vergleichende Litteratur- und Culturgeschichte hier gewonnenen Resultate dem darauf verwendeten Studium so zerstreut liegender Quellen auch entsprechen.

München, Juni 1880.

Dr. R.

I. Amphitruo.

Unter den plautinischen¹) Lustspielen ist der «Amphitruo» nach mehr als einer Seite hin bemerkenswerth. Die Komödie, welche sich stets unter den acht²) bekannten fand, ist die einzige dieses Dichters „mit mythologischem (komisch-wunderhaftem) Stoffe, der etwas ethisch bedenkliches hat, aber mit formeller Meisterschaft und heiterster Laune behandelt ist."³) „Bedenklich ist nur das frevle Spiel, das mit der Tugend der treuen und edlen Alkmene getrieben wird."⁴)

Der Dichter ist sich der Eigenart seines Stückes selbst bewusst; er bezeichnet es im Prolog (V. 50—63) als «Tragikomödie» wegen der Mischung göttlicher und menschlicher Charaktere:

---

¹) T. Maccius Plautus aus Sarsina in Umbrien, um 254 v. Chr. geboren, 184 v. Chr. gestorben, war von niederem Stande, jedoch ein Freier. Nachdem er in Geldspekulationen sein Vermögen verloren hatte, lebte er von der Bearbeitung griechischer Lustspiele für die römische Bühne. S. W. S. Teuffel, Geschichte der römischen Literatur. 2. Aufl. 1872. (Lpz. Teubner). pag. 141.

²) Amphitruo, Asinaria, Aulularia, Captivi, Curculio, Casina, Cistellaria, Epidicus.

³) Teuffel l. c. pag. 143. — S. Dagegen Bernhardy, Grundriss der römischen Litteratur. 2. Bearbeitung. Halle 1850. pag. 386. „An der Grenze dieser Komik steht die etwas gezerrte Posse Amphitruo."

⁴) Teuffel a. a. O.

```
50  Nunc quam rem oratum huc ueni, primum proloquar:
    Post argumentum huius eloquar tragoediae.
    Quid contraxistis frontem? quia tragoediam
    Dixi futuram hanc, si uoltis, faciam ego ex tragoedia
55  Comoedia ut sit omnibus isdem uersibus.
    Vtrum sit an non uoltis? set ego stultior,
    Quasi nesciam uos uelle, qui diuos siem:
    Teneo quid animi uostri super hac re siet.
    Faciam ut conmixta sit haec tragicomoedia:
60  Nam me perpetuo facere ut sit comoedia,
    Reges quo ueniant et di, non par arbitror.
    Quid igitur? quoniam hic seruos quoque partis habet,
    Faciam sit, proinde ut dixi, tragicomoedia.¹)
```

Der Stoff des plautinischen Lustspieles ist gewiss der neueren Komödie entnommen.[2] Es ist ein dem Alterthume geläufiger Vorwurf, dessen Bearbeitung mehreren alten Dichtern (Euripides, Epicharmos) zugeschrieben wurde; auch plastische Darstellungen aus der Amphitruosage fehlen nicht,[3] indessen ist es kein Stück der alten attischen Komödie, weder des Archippos, noch des Rhinton.[4]

Mit ganz wunderbarer Kunst hat es Plautus verstanden,

---

[1] Nach T. **Macci Plauti Amphitruo**. Ex recognitione **Alfredi Fleckeiseni**. Lipsiae (Teubner) 1850. — Vgl. F. **Martius**, Quaestiones Plautinae. De captivorum, Amphitruonis, Poenuli, Rudentis prologis. Berol. 1879.

[2] S. Fr. v. **Fritzche**, De graecis fontibus Plauti I. Rostock 1845. — Frd. **Schultz**, Plautus in seinem Verhältnisse zur mittleren und neueren griechischen Komödie. Neustadt in Pr. 1866. — **Ritschl**, Parerga S. 271.

[3] **Winkelmann**, Gesch. d. K. S. 187. W. Ausg. — Vgl. auch Annali dell' Istituto 1872. —. 5—18. (Engelmann) in abweichender Auffassung.

[4] Vgl. J. **Vahlen**, Rhein. Museum XVI, S. 472, wo vermuthet wird, dass vielmehr Atellanen mit mythologischem Stoffe Rhintonicae seien, possenhafte Travestirungen mythisch-tragischer Gegenstände. — Die Rhintonicae sind so genannt von dem Phlyakographen Rhinton aus Tarent, der tragische Stoffe lächerlich machte (auch $\iota\lambda\alpha\rho o\tau\rho\alpha\gamma\psi\delta i\alpha$ oder $i\tau\alpha\lambda\iota\kappa\acute{\eta}$), wogegen Amphitruo $\kappa\omega\mu\psi\delta o\tau\rho\alpha\gamma\psi\delta i\alpha$. (Teuffel, pag. 29.)

griechische Stoffe zu lokalisiren¹); bei der Wahl derselben „zog ihn, den komischen Volksdichter, Philemon mehr an, als der feinere Menander"²). Caecilius Statius verfolgte mit Plautus dasselbe Ziel, die Griechen in Rom einzuführen; allein, der Weg, den er einschlug, war ein anderer. Obwohl auch Caecilius aus gemeinem Stande war und sich zunächst in den Kreisen und Redeweisen der Plebejer bewegte, hatte er doch „mehr gebildete Männer im Auge, während Plautus aus dem volksthümlichen Idiome ein reines, durchsichtiges Latein zog und in allen seinen komischen Mitteln ein dem gemeinen Manne geniessbares Lustspiel bezweckte."³) So wurde es des Plautus besonderes Verdienst „in der fabula palliata⁴) den Römern ein ziemlich reiches Repertoire geliefert zu haben." Bei all diesen Stücken erwies sich Plautus stets als einen originalen Genius, selbständig trotz der fremden Quellen, als einen Meister in Kunst und Form, „erfindsam und voll feiner Anlage"⁵), mit eigenem Witze, wenn auch oft lose und unwahrscheinlich. Ausgezeichnet ist „seine leichte, feine Umgangssprache, selbst auf Kosten der Metrik."⁶)

Als ein Dichter von so gewaltigen Vorzügen hat Plautus den späteren Bühnendichtern aller Jahrhunderte als Vorbild gedient und verdient in der Geschichte des Dramas eine hervorragende Stellung.⁷) Seine Komödien erhielten sich bis

---

¹) G. Boissier, Quomodo Graecos poëtas Plautus transtulerit. Paris 1857. — W. Hahn, Scaenicae quaestiones Plautinae. Greifsw. 1867.

²) Teuffel, l. c. pag. 152.

³) Bernhardy, l. c. pag. 189.

⁴) Komödie nach griechischem Stoffe und griechischem Originale, insbesondere der neuen attischen Komödie. Sie beherrscht das ganze sechste Jahrhundert der Stadt; zu ihr gehören Andronicus, Naevius, Plautus, Ennius, Terentius (Teuffel, pag. 21).

⁵) Bernhardy, l. c. pag. 385.

⁶) Teuffel a. a. O. pag. 152.

⁷) J. L. Klein, Geschichte des Dramas (Lpz. 1855). II. Bd. S. 492 bis 566.

ins siebente Jahrhundert[1]) und wurden wohl im vierten und fünften Jahrhundert der christlichen Zeitrechnung noch aufgeführt.[2])
Der Text des plautinischen Amphitruo ist verstümmelt auf uns gekommen[3]). Nach der zweiten Scene des vierten Aktes (V. 1034) findet sich eine ziemlich bedeutende Lücke, verursacht durch das Fehlen einer Blätterlage, die etwa vier Scenen von ungefähr dreihundert Versen vermissen lässt. Als das Stück im fünfzehnten Jahrhundert in Rom und Florenz gespielt wurde[4]), versuchte Hermolaus Barbarus (1464—1493), ein Freund Angelo Polizianos, aus einem altedlen venetianischen Geschlechte stammend, die fehlenden Scenen zu ergänzen. Diese Nachdichtung ist nach Form und Inhalt nichts weniger als gelungen zu nennen; Barbarus selbst thut, als ob er den Versuch für nicht vorzüglich halte.[5]) Diese bei Plautus fehlenden Scenen haben der Phantasie nachfolgender Bearbeiter freien Spielraum gelassen.

Der Inhalt des plautinischen Amphitruo fällt in manchen Stücken mit jenem der Menaechmi zusammen; nur ist in dieser

---

[1]) Bernhardy, a. a. O. pag. 189.
[2]) Arnob. advers. g. IV, 35. VII, 33. — Prudent. perist. X, 226. Augustin. Epistol. 202.
[3]) Em. Hoffmann, De Plauti Amphitruonis exemplari et fragmentis. Vrat. 1848. — An Ausgaben sind zu nennen: F. Ast (Landshut 1818). Th. Verwaijen (Utrecht 1827) nebst einem Specimen litterarium in M. A. Plauti Amphitruonem. F. Lindemann (Lpz. 1834). F. W. Holtze (Lpz. 1846). — An Uebersetzungen: Danz (Lpz. 1806—11). Kuffner (Wien 1807). Köpke (Berlin 1809, 1826). Rost (Lpz. 1836). M. Rapp (Stuttg. 1838). W. Binder (Stuttgart 1862). Donner (Lpz. Hdb. 1864). — Französische: J. B. Levée und Le Monnier, augmenté etc. par Amaury Duval et Alexandre Duval (Paris 1820—23). De Belloy (Paris 1870).
[4]) Oeuvres complètes de Molière. Nouvelle édition etc. par M. Louis Moland. Paris (Garnier frères 1864). (Der fünfte Band der Chefs-d'oeuvre de la littérature française.) Notice préliminaire, pag. 7.
[5]) Vgl. Politian. Epistol. XII, 25.

Komödie der freie Zufall das herrschende Element, während der Amphitruo eine Wunderkomödie, eine göttliche Intrigue ist. Gewiss liegt im Amphitruo eine beabsichtigte Persiflage des Juppiterglaubens, es ist nicht mehr die Naivetät des Dichters und seines Zeitalters. Es ist kein erhabenes Bild, das Mercurius von dem Vater der Götter und Menschen (V. 26—31) entwirft:

„Etenim ille, quoius huc iussu uenio, Iuppiter
Non minus quam uostrum quiuis formidat malum:
Humana matre natus, humano patre,
Mirari non est aequom, sibi si praetimet.
Atque ego quoque etiam, qui Iouis sum filius,
Contagione mei patris metuo malum."

oder, wenn er ihn (V. 138) als Ausfluss seiner Allmacht stehlen lässt:

‚Ea dona, quae illic Amphitruoni sunt data,
Apstulimus: facile meus pater quod uolt facit.'

Die Fabel an sich ist nicht gerade sehr viel werth, vor allem ist sie sicher nichts weniger als poetisch; die Gesammtarbeit aber zeichnet sich durch Feinheit des Dialogs und durch eine wohlgefeilte Diktion aus. Ganz besonders sind die Situationen einzelner Scenen von hochkomischer Wirkung.[1])

Wir haben nun den Gang der Handlung und die Gestalten des plautinischen Lustspieles näher zu betrachten, um zu ersehen, was die einzelnen der späteren Bearbeiter der Quelle verdanken.

Merkur tritt auf und giebt im Prologe (V. 1—153) den Inhalt der Komödie. Amphitruo, der Gatte der Alcumena und Feldherr der Thebäer ist abwesend im Kriege mit den

---

[1]) F. Osann, Ueber den Amphitruo des Plautus (Rhein. Museum von Welcker und Nake. II, S. 305—335.) — Welcker, Griech. Trag. S. 1478—1481. — Steinhoff. Prolegomena zu Plautus' Amphitruo. Jahresbericht über das herzogl. Gymnasium zu Blankenburg. Halberstadt 1879.

Teleboern. Juppiter, der von Liebe zur schönen Alcumena entbrannt ist, benutzt diesen Umstand zur Befriedigung seines Verlangens. Er nimmt die Gestalt des fernen Amphitruo an, sowie Merkur in jener des Sklaven Sosia auftritt, und täuscht auf diese Weise Alcumena. Mit dem ersten Akte tritt Sosia auf. Amphitruo hat ihn abgesandt, seiner Gattin Alcumena seine siegreiche Rückkehr anzukündigen. Merkur, in der Gestalt des Sosia, bewacht das Haus, in welchem sich Juppiter in einer eigens verlängerten Nacht Alcumenas freut; er tritt dem Sclaven entgegen, wehrt ihm den Eintritt in Amphitruos Wohnung, jagt ihn mit Schimpfen und Schlägen von dannen und macht ihn vollständig verwirrt, da Sosia in dem Fremden unleugbar sein Gegenbild erblickt. — Juppiter tritt mit Alcumena auf; er nimmt mit dem Grauen des Tages zärtlichen Abschied von ihr; er habe sich, sagt er, nur vom Lager zu ihr hergestohlen; niemand darf seine Abwesenheit merken. Scheidend schenkt er ihr die Trinkschale des Königs Pterelas, die er nach dessen Besiegung als Lohn seiner Tapferkeit erhalten hatte. Es wird Tag und zwar ein viel kürzerer, auf dass die lange Nacht ausgeglichen werde. (V. 550.)

Am Beginne des zweiten Aktes erzählt Sosia seinem Herrn Amphitruo, was ihm begegnete. Ein anderer Sosia, sein Ebenbild, habe ihn geprügelt und nicht in das Haus gelassen. (V. 632.) Indessen Amphitruo die Erzählung nicht begreifen kann, tritt Alcumena auf, in einem sehr hübschen Monologe die wiederholte Trennung von ihrem Gatten beklagend, doch des Ruhmes seiner Tapferkeit sich freuend. Plötzlich erblickt sie Amphitruo. Da sie seine Fragen nicht verstehen, vielmehr ihm nur versichern kann, dass er diese Nacht bei ihr gewesen und soeben erst geschieden sei, kömmt es zu einer heftigen Scene, in welcher Amphitruo seiner Gattin schwere Vorwürfe macht. Diese zeigt ihm den Becher des Pterelas, den nun Amphitruo vergeblich in seinem Etuis sucht, da ihn Merkur gestohlen hatte. In höchster Aufregung verlässt Amphitruo Alcumena, um ihr durch das Zeugniss ihres Verwandten Naukrates zu beweisen, dass er diese Nacht mit ihm verbrachte. (V. 860.) Der dritte Akt führt Juppiter ein, bedacht Alcumena keinen Schaden zuzufügen; denn (V. 871):

> Nam mea sit culpa, quod egomet contraxerim,
> Si id innocenti (inmerito damnosum) expetat.

eine Gerechtigkeitspflicht, der schon früher (V. 492) Merkur mit den Worten Aussprache verlieh:

> nemo id probro
> Perfecto ducet Alcumenae: *nam deum*
> *Non par uidetur facere, delictum suum*
> *Suamque ut culpam expetere in mortalem sinat.*

Juppiter besänftigt als Amphitruo die schmollende Alcumena, indem er ihr förmlich Abbitte leistet für seine früheren Reden, worauf sie sich versöhnen. Sosia, der dazu kömmt, sieht mit Staunen diesen Friedensschluss. (V. 957):

> Iam pax est (facta) uos inter duos?
> Nam quia uos tranquillos uideo, gaudeo et uolup est mihi

Er geht mit ihnen ins Haus. Merkur aber, als Sosia, bewacht wieder das Haus. Amphitruo hat vergeblich den Naukrates überall gesucht; er will in seine Wohnung, um weiteres von Alcumena zu erfahren; Merkur aber zieht ihn vom Dache herab auf. (V. 1034) Hier ist die Lücke.

In dem Fragmente des vierten Aktes hören wir von Blepharo, dass Alcumena eben entbunden werde. Erregt und mit allen Drohungen will Amphitruo ins Haus; ein Donnerschlag erfolgt; er stürzt zusammen. (V. 1052.)

Beim Beginne des fünften Aktes findet die Amme Bromia ihren Herrn Amphitruo am Boden liegend «sepultust quasi sit mortuos». (V. 1074.) Sie berichtet ihm, der langsam zum Leben erwacht, von Alcumenas schmerzloser Entbindung, und dass sie zwei Knaben zur Welt gebracht habe, deren einer ein ihn bedrohendes Schlangenpaar getödtet habe. Juppiter sei der Vater des einen Knaben, worauf sich Amphitruo mit den Worten tröstet (V. 1124):

> Pol me hau paenitet,
> Si licet boni dimidium mihi diuidere cum Ioue.

Zur Bestätigung des Gesagten erscheint noch Juppiter selbst. Alcumena ist schuldlos, denn (V. 1142):

> Mea vi subacta est facere!

Auch Amphitruo ist zufrieden; denn begrüsste er schon bei der ersten Kunde die Geburt von Zwillingen als günstiges Zeichen (V. 1089), so ist er mit Juppiters Versicherung, dass der eine wirklich sein Sohn sei, (V. 1135—1140) und der andere ihm Ruhm und Ehre bringen werde, völlig beruhigt; und das Stück schliesst mit einer Aufforderung an die Zuschauer, Juppiter zu Liebe zu klatschen (V. 1145):

> Spectatores, nunc *Iouis summi causa* clare plaudite!

Die Handlung ist gewiss keine völlig befriedigende [1], indem der deux ex machina dieselbe gewaltsam löst. Andrerseits ist nicht zu leugnen, dass selbst ein so wichtiger mythologischer Vorgang wie die Zeugung des Herkules nicht bedeutsam genug ist, die glückliche Ehe zweier liebenden Gatten so gewaltsam aufzuopfern. Mehrfach hat man daraus auf die niedrige Anschauung jener Zeit vom Weibe geschlossen [2].

---

[1] Vgl. indessen, wie Mercurius der abgedroschenen Motive spottet, wie sie im Trinummus und der Mostellaria gebraucht sind (V. 986).
> Nam mihi quidem hercle qui minus liceat deo minitarier
> Populo, ni decedat mihi, quam seruolo in comoediis?
> Ille nauem saluam nuntiat aut irati aduentum senis.

[2] Vgl. Benoist, de personis muliebribus apud Plautum. Mars. 1862 und auch den Vorwurf, dass das Weib den Schwur nicht achte (V. 836).
> Mulier es, audacter iuras,

den in gleicher Weise auch Celedrus im Miles gloriosus der Comasion macht.

Die Feinheit jedoch, welche im Dialoge herrscht, und die herrliche Komik, vor allem die überraschende Aehnlichkeit der beiden Amphitruo und der beiden Sosia, auf welche in der Komödie wiederholt hingewiesen wird [1]), und welche dem Zuschauer nur durch die Flügelchen (pinulae) des Mercurius und das goldene Hutband (torulus aureus) des Juppiter etwas aufgeklärt wird [2]), muss des Erfolges auf der Bühne sicher sein. Sie führt zu so trefflich ausgebeuteten Situationen, dass man gerne auf einige Zeit vergisst, wie bedenklich vom moralischen Standpunkte aus dieses Quiproquo ist.

Der Vergleich der Arbeiten der Nachfolger nöthigt uns die Hauptzüge der plautinischen Charaktere, wenn auch in Kürze, zu betrachten. Sie

[1]) V. 120. Nam pater meus nunc intus eccum Iuppiter
In Amphitruonis uortit se imaginem,
Omnesque eum esse censent serui qui vident.
V. 441. Certe edepol, quom illum contemplo et formam cognosco
meam,
Quem ad modum ego sum (saepe in speculum inspexi):
nimis similist mei.
Itidem habet petasum ac uestitum : tam consimilist
atque ego.
Sura, pes, statura, tonsus, oculi, nasum, uel labra,
Malae, mentum, barba, collus : totus. quid verbis opust?
Si tergum cicatricosum, nihil hoc similist similius.
V. 457. Nam hic quidem omnem imaginem meam, quae antehac
fuerat, possidet.
V. 600. Tum formam una apstulit cum nomine.
Neque lac lacti magis est simile quam ille ego similis
est mei.
[2]) V. 142. Nunc internosse ut nos possitis facilius,
Ego has habeo usque hic in petaso pinulas:
Tum meo patri autem torulus inerit aureus
Sub petaso: id Amphitruoni signum non erit.
Ea signa nemo horunce familiarium
Videre poterit, uerum uos uidebitis.
Siehe hierüber Steinhoff II, 7 Note 22.

sind insgesammt scharf ausgeprägt. Juppiter, der «Amphitruo subditiuos» (V. 497) ist nach den Darstellungen seines eigenen Sohnes locker in seinen Anschauungen (V. 104):

> Nam ego uos nouisse credo iam ut sit meus pater,
> Quam liber harum rerum et multarum siet
> Quantusque amator, si ei quid conplacitumst semel.

Seine Gottheit giebt ihm zu allem, auch zum Stehlen, wie wir sahen, volle Macht. Er ist ein abscheulicher Lügner (V. 506):

> Nimis hic scitust sucophanta, qui quidem sit meus pater.

In seiner Lüsternheit theilt er des Sclaven Sosia Ansicht (V. 287):

> Ubi sunt isti scortatores, qui soli inniti cubant?
> Haec nox scitast exercendo scorto conducto malo.

worauf Mercurius sagt:

> Meus pater nunc pro huius uerbis recte et sapienter facit,
> Qui conplexus cum Alcumena cubat amans, animo opsequens.

Noch klingt uns, wenn er in der letzten Scene pathetisch sich als (Iuppiter supremus V. 1127) den Gott Juppiter zeigt («quom sum Iuppiter» V. 1134 «ego in caelum migro» V. 1142), sein Monolog vom dritten Akte «qui interdum fio Iuppiter, quando libet» (V. 864) nicht ohne arge Beeinträchtigung seiner Göttlichkeit im Ohre.

Auf derselben Stufe steht Mercurius, der sich schon im Prologe als den Gott nicht gerade des schönsten Handels und Gewinns und als Helfer «in rebus omnibus» einführt. Er hat mit der Sclavengestalt den niederen Sclavensinn angenommen:

> V. 266. Et enimuero quoniam formam huius cepi in me et statum,
> *Decet et facta moresque huius habere me similis item.*
> Itaque me *malum* esse oportet, *callidum, astutum admodum*
> Atque hunc telo suo sibi, *malitia*, his a foribus pellere.

Gegen diese beiden Göttergestalten heben sich Alcumena und Amphitruo durch besondere Reinheit des Charakters stark ab. Amphitruo („der unermüdliche Kriegsmann") ist kühn und tapfer als Feldherr (V. 191):

> Id ui et uirtute militum uictum atque expugnatum oppidumst,
> *Imperio atque auspicio* mei eri Amphitruonis *maxume*,
> Qui praeda agroque adoreaque adfecit popularis suos
> Regique Thebano Creoni regnum stabiliuit suum.

Milde gegen seinen Sclaven will er ihn nicht mit Arbeit überlasten (V. 674):

> Alium ego isti rei adlegabo: ne time!

Wahrheitsliebe ist ein Grundzug seines Charakters (V. 687):

> „Quia uera didici dicere"

und so bringt er seiner Gattin, von der er überzeugt ist, dass Theben kein besseres Weib hat, aufrichtige Liebe und Verehrung entgegen (V. 676.):

> Amphitruo uxorem salutat laetus speratam suam,
> Quam omnium Thebis uir unam esse optimam diiudicat,
> Quamque adeo ciues Thebani uero rumificant probam.

Gewiss ein Gegenstück zu Juppiter!

Die verführte Alcumena („die Starke") ist nicht minder mit allen guten Zügen ausgestattet. Diese «uxor usuraria» Juppiters (V. 498) ist eine vortreffliche Hausfrau, die sich der «res communis» (V. 499) annimmt, voll Liebe zu ihrem Gatten.

> (V. 640). „Sola hic mi nunc uideor, quia ille hinc abest, quem amo
> praeter omnis.
> Plus aegri ex abitu (mei) uiri quam ex aduentu uoluptatis
> cepi."

Sie ist auch voll Theilnahme an seinem Ruhme, und dies ist ihr einziger Trost, den sie in jenem wunderschönen Monologe des zweiten Aktes, den alle Nachahmer von Geschmack sich angeeignet haben, für sein Scheiden hat (V. 642):

> Set hoc me beat saltem, quoniam (ille) uicit
> Perduellis et domum laudis conpos reuenit

und so weiter.

Sie ist sittsam (proba V. 678), keusch und treu, wie ihr Schwur (V. 831) bezeugt:

> Per supremi regis regnum iuro et matrem familias
> Iunonem, quam te uereri et metuerest par maxume,
> Vt mi extra unum te mortalis nemo corpus corpore
> Contigit, quo me inpudicam faceret.

und darin sucht sie ihre einzige Ehre (V. 839):

> Non ego illam mihi dotem esse duco, quae dos dicitur,
> Set pudicitiam et pudorem et sedatum cupidinem,
> Deum metum et parentum amorem et cognatum concordiam,
> Tibi morigera atque ut munifica sim bonis, prosim probis.

Beleidigt in ihrer weiblichen Ehre, nichts sich bewusst (V. 885: «Quae neque sunt facta neque ego in me admisi, arguit»), will sie das Haus Amphitruos verlassen, und ein Muster weiblicher Denkart tritt sie mit dem ganzen Selbstbewusstsein der Unschuld auf, als Juppiter sie versöhnen will.

> (V. 925) ALC. Ego istaec feci uerba uirtute inrita.
> Nunc quando factis sum inpudicis apstinens,
> Ab inpudicis dictis auorti uolo.
> Valeas, tibi habeas res tuas, reddas meas.
> Juben mihi comites? IV. Sanan' es? ALC. Si non
>   iubes,
> Sinito: *Pudicitiam egomet comitem duxero.*

u. s. w. in einer meisterhaften Scene.

Noch bleibt uns die Figur des Sosia, für die Nachfolger eine der bedeutsamsten. Er ist das Muster eines Sclaven, wie ihn V. 266—269 schildert. Köstlich ist sein Auftreten. Er raisonnirt über das Sclavenleben und die Befehle des Herrn, der nicht weiss, was ihr Vollzug verlangt.

(Vgl. 172) Non reputat quid laborist.

Als echte Bedientenseele formt er sein Gesicht nach dem des Herrn (V. 959):

Atque ita seruom par uidetur frugi sese instituere:
Proinde eri ut sint, ipse item sit: uoltum e uoltu comparet:
Tristis sit, si eri sint tristes; hilarus sit, si gaudeant.

Feige wie kein zweiter, schneidet er gewaltig auf:

(V. 199) Nam quom pugnabant maxume, ego tum fugiebam maxume.
Verum quasi afuerim tamen simulabo atque audita eloquar.

Mercurius meint (V. 293):

Nullust hoc meticulosus aeque.

und er weiss beim Anblick des Gegners nur den Schreckensruf: Perii, dentes pruriunt! auszustossen. So wird er zu einer höchst wirksamen komischen Figur, und die Scene der ersten Begegnung mit Mercurius und vor allem die zweite Scene des zweiten Aktes sind prächtige Stücke.

Das also ist das Vorbild der kommenden Bearbeitungen des Amphitruo, einer ziemlich weitverbreiteten Sage des Alterthums,[1]) welche nach der Anschauung einzelner Forscher[2]) in verschiedenen Sagen des Mittelalters wieder spielen soll. Wie oben bemerkt wurde, erhielt sich Amphitruo in der plautinischen Gestalt ziemlich lange. Ed. Duméril glaubt[3]) zwar, gestützt auf eine Stelle im Carmen paschale des Sedulius, eines Dichters des fünften Jahrhunderts, der sich stark über die profane, heidnische Bühne beschwert und dabei von „Ridiculove Geta" spricht, dass es schon seit dem fünften Jahrhunderte lateinische Bearbeitungen des plautinischen Amphitruo gab, wie uns eine solche in dem Amphitryon

---

[1]) Moland, l. c. pag. 3.
[2]) Moland, l. c. pag. 8. 9.
[3]) Ed Duméril, Orig. lat. du théâtre moderne. pag. 15.

(oder besser dem Geta und Byrrhias) des Vitalis Blesensis[1]) (Vital de Blois) aus dem zwölften Jahrhunderte vorliegt. Richtig indessen hat A. Chassang[2]) die Unhaltbarkeit dieser Ansicht aus dem Umstande nachgewiesen, dass Geta einer der gewöhnlichsten Sclavennamen war. Der genannte Vital de Blois nun ist einer der hervorragendsten Klassicisten jener Zeit, in der man viel nach klassischen Mustern und besonders nach Plautus arbeitete.[3])
Der Amphitryon des Vital de Blois verdankt allerdings nur die Hauptidee dem Lustspiele des Plautus.[4]) Seine Tendenz ist gegen die um sich greifende Scholastik gerichtet[5]).

[1]) Vitalis Blesensis Amphitryon et Aulularia Eclogae. Edidit Fridericus Osannus. Darmstadii (Heil 1836). — Th. Wright, Popular latin stories, pag. 192 und 208. — Wright, Early mysteries and other latin poems, pag. 65. — Haupt, Poes. lat. medii aevi exempla, pag. 18. — Ed Duméril, Orig. lat. du théâtre mod. Append., pag. 285.

[2]) A. Chassang, Des essais dramatiques imités de l'antiquité au XIVe et au XVe siècle, Paris (Durand 1852), pag. 7.

[3]) M. Magnin, Cours inédit. Conf. Journal de l'instruct. publ. vom 8 Février 1835. — Beachtenswerth war auch unter diesen Männern Matthieu de Vendôme am Ende des zwölften und Anfange des dreizehnten Jahrhunderts, von dem wohl der Miles gloriosus stammt.

[4]) Chassang l. c. pag. 23. Le Geta de Vital ne conserve de l'Amphitryon que l'idée générale.

[5]) Chassang, l. c. pag. 24. Ce n'est plus comme dans Plaute le tableau des inquiétudes d'Amphitryon trompé puis averti et apaisé par Jupiter. Les maris ne sont pas en cas dans cette oeuvre, *dirigée tout entière contre le goût de la scolastique qui començait à se répandre.* (Diese Tendenz beweisen vornehmlich V. 453—460:

Byrrhia subridens: accepit Graecia *sanos*
 Hos, ait, *insanos* illa remisit eos.
Insanire facit stultum di alectica quemvis,
 Ars ea sit nunquam, Byrrhia, nota tibi.
Arte carere bonum est, quae per phantasmata quaedam
 Aut asinos homines, aut nihil esse facit.
Sic logicus quivis, tu Byrrhia sis homo semper:
 His studium placeat: uncta popina tibi.)

Den Hauptinhalt giebt uns der Dichter in seiner Einleitung.¹)

> *Graecorum studia nimiumque diuque seculus*
> Amphitryon aberat, et sibi Geta comes.
> Intrat ad Alcmenam ficto Saturnius ore,
> Cui comes Arcas erat. Credidit esse virum.
> 5   Geta redit tandem praemissus ab Amphitryone.
> Arcadis ille dolis se putat esse nihil.
> Se dolet esse nihil, et ab Arcade lusus abibat;
> Visa refert domino; vir dolet; arma parat.
> Laetus abit socio Pater Arcade; quaeritur illis
> 10   Moechus: abest, gaudent, lis cadit, ira tepet.

Schon der Prolog zeigt die Tendenz. Dem Geta soll nicht bewiesen werden, dass der andere Geta sei, sondern durch Schlüsse und Scholastik, dass er nichts ist.

Das Gedicht beginnt mit Juppiters Plan, seine Liebe zu Alkmene zu kühlen, indessen der Gatte Amphitryon zu Athen (natürlich Paris) Philosophie treibt.

> 31   Juppiter Alcmenae studeat thalamo, vir Athenis
> Philosophetur: amet Juppiter, ille legat.
> Disputet Amphitryon, et fallat Juppiter; artes
> Hic colat, Alcmenam Juppiter ipse suam.

Alkmene hört, dass ihr Gatte zurückkehre, freudig schickt sie ihm den Byrrhia, ihren Sklaven, ans Ufer entgegen, der murrend den Befehl vollzieht. Unterdessen kömmt Juppiter als Amphitryon, Mercurius als Geta heim. Nach herzlichster Begrüssung Alkmenens werden die Thore geschlossen, vor welchen Arkas als Geta Wache hält (V. 106). Indessen der

---

Amphitryon et Alcmène, relégués sur le second plan, sont effacés par leurs esclaves; et toute la pièce est dans le contraste entre le bon sens un peu lourd de l'un et la sottise de l'autre, pauvre esprit infatué de dialectique."

¹) Vgl. über Hdsch. und Texte u. s. w. Osann, l. c. pag. V—XVIII. auch Klein, J. L., Geschichte des Dramas (Lpz. 1866, III, pag. 638).

faule Byrrhia «lento pede claudus» dahin zieht und über den Weg murrt, sieht er den Geta herankommen, der vor seinem Herrn Amphitryon her eine gewaltige Last von Büchern schleppt. Da er voraussichtlich diese mit ihm theilen müsste, versteckt er sich in eine Höhle, um diesen vorübergehen zu lassen. Aber Geta hat ihn erblickt; er setzt sich vor die Höhle und beginnt so laut für sich zu sprechen, dass Byrrhia es hören muss, er könne als Logiker beweisen, dass ein Mensch ein Esel ist:

V. 167. Sum logicus, faciam quaevis animalia cunctos:
Byrrhias, qui nimis est lentus, asellus erit.

Diese Logik des Geta entsetzt den Byrrhia in der Höhle:

V. 169. qui Byrrhia fiat asellus?
Quod natura dedit, auferet iste mihi?
Byrrhia sic Getae quaecunque problemata solvet;
Respondebit, erit Byrrhia semper homo.

ruft er, so dass Geta es hört: quid in hoc strepit et submurmurat antro? ruft er und wirft so lange Steine in die Höhle, bis Byrrhia herauskriecht, sein Plaudern bedauernd. Er muss nun alle Bücher heimschleppen, indessen Geta davoneilt, stolz, der Schrecken der Logiker zu werden (V. 36):

Terrebit cunctos nominis umbra mei.

Zu Hause aber ist die Thüre verschlossen. Geta und Amphitryon, heisst es, sind längst zu Hause. Es folgt ein langes logisches Raisonnement zwischen Mercurius und Geta, wobei ihn ersterer streng logisch überzeugt, dass er Geta sei; so geht Geta als „Nichts" fort; denn, sagte ihm der Gott (V. 279):

Omne quod est, unum est; sed non sum qui loquor unus.
Ergo nihil Geta est, nec nihil esse potest.

So klagt denn Geta (V. 413):

Cum didicit Geta logicam, tunc desiit esse.

„Weh den Logikern, wenn es so allen ergeht!" ruft er aus, da naht Amphitryon mit Byrrhia. Ist er wohl auch Nichts? Er erzählt seinem Herrn den Vorgang, dieser bewaffnet, voll Zorn über seinen Stellvertreter, sich und die beiden Sclaven. Geta will dadurch beweisen, dass er doch vorhanden sei. Unterdessen hat Juppiter Alkmene verlassen; Amphitryon dringt bewaffnet ein und frägt um den Ehebrecher. Da aber Alkmene sieht, dass ihr Gatte ernstlich böse wird, sagt sie gewandt: Es war ein Traum; ich glaubte nur, dich zu sehen.

V. 525. Vos equidem vidi, vel vos vidisse videbar;
Luserunt animos sompnia saepe meos.

Mit einer witzigen Bemerkung Byrrhia's endet das Gedicht.

Dieses 532 Verse umfassende Gedicht in ziemlich ungenügendem Latein geschrieben, ausgezeichnet jedoch durch satirische Schärfe [1]), brachte bis zum Ende des vierzehnten Jahrhunderts Plautus förmlich in Vergessenheit. Die Schriftsteller des dreizehnten und vierzehnten Jahrhunderts sind reich an Anspielungen und Citaten aus Vitals Amphitryon und von seiner grossen Beliebtheit zeugen vielfache Handschriften. [2]) Im Jahre 1421 noch übersetzte ihn Eustache Deschamps [3]) ins Französische; in Italien druckte man

---

[1]) Zu weit geht doch Chassang, wenn er l. c. pag. 27 es „sans contredit *plus ingénieux* que celui de Plaute et de Molière" nennt.

[2]) Wright kennt ihrer siebenzehn; davon vier in der Pariser Nationalbibliothek (Early mysteries. Praef. p. XVI sqq.) — Osann, l. c. p. XI sqq.

[3]) Nach P. Tarbé, geboren zwischen 1345—1350. Recherches sur la vie et les oeuvres d'Eustache Deschamps. p. I—XLI in Oeuvres inédites d'Eustache Deschamps. Paris (Techener) 1849. — Die neueste Ausgabe des Dichters ist: Oeuvres complètes d' Eustache Deschamps, publiées d'après le manuscrit de la bibliothèque nationale par le marquis de Queux de Saint-Hilaire. Paris (Firmin Didot 1878), als erster Band der Société des anciens textes français.

noch im fünfzehnten und sechzehnten Jahrhunderte das Gedicht in einer fälschlich dem Boccaccio zugeschriebenen Uebersetzung.[1] Erst später verlor der Geta seine Verbreitung allmählig[2], niemals aber im ganzen Mittelter fehlte es an Nachahmungen des Plautus und Terentius.[3]

Die Berichte aus allen romanischen Litteraturen führen Beispiele von Nachahmungen des Plautus an. Der bekannte Marquis de Santillana erzählt, dass ein angesehener Ritter aus der Zeit D. Pedro des Grausamen (1357—1367), Namens Don Pedro Gonzalez de Mendoza, scenische Gedichte

---

[1] Filippo Argelati in seiner „Biblioteca degli volgarizzatori, o sia Notizia dall' Opere volgarizzate d'autori che scrissero in lingue morte prima del secolo XV." Tomi IV. Milano (Federico Agnelli) behandelt im dritten Band (1767) Seite 229 die Autorschaft des Boccaccio eingehend. Man hielt die Uebersetzung für Boccaccios Arbeit, weil sie die Verse enthielt:

> Incliti e venerandi cittadini
> *Miser Zuano bochazo* huom luminoso
> In fra li altri poeti Fiorentini
> Quest' Opera compose il viro famoso
> Vulgarizzando di versi latini
> Con l'aiuto dapollo glorioso
> Et io Lorenzo Amalagiso Frate
> Stampare lo fatta perchè piacer n' abbiate.

und auch Antonio Maria Salvini ein geschriebenes Exemplar mit dem Titel hatte: Liber Gietae & Birriae traductus de Latino in vulgare per Dominum Joannem Bochatium poētam Florentinum, eine Angabe, die der Abschreiber auch am Schlusse (am 9. Dez. 1443) wiederholt. Vermuthungen über den Uebersetzer siehe a. a. O.

[2] Chassang, l. c. pag. 33. Le Geta avait fait oublier Plaute; bientôt le triomphe de la scolastique de mystères, de moralités fit oublier en France le Geta.

[3] Chassang, l. c. pag. 61. Au XVe siècle Sénèque n'est pas oublié, mais les imitations de Plaute et de Térence sont les plus nombreuses.

in der Weise des Plautus und Terenz schrieb¹); Juan de Timoneda bearbeitete die Menaechmi²) (Comedia de los Menecmos. Valencia 1559); im Jahre 1515 imitirte Francisco de Villalobes (bei Sulzer III, 704 Villabolos), der Leibarzt Ferdinands des Katholischen und Karls V., den Amphitruo des Plautus in spanischer Prosa, wobei er es für nöthig fand, einige Scenen zu kürzen, andere nicht auf die Bühne zu bringen.³)

Einschneidendere Aenderungen erlaubte sich der Professor der Theologie und Philosophie zu Salamanca, Fernan Perez de Oliva aus Oliva, der im Jahre 1530 mehrere Stücke der Antike ins Spanische übertrug. Von den Tragödien, die er bearbeitete, ist des Sophokles «Elektra» (hier unter dem Titel „Der gerächte Agamemnon") und die «Hekuba» des Euripides am bekanntesten; ferner gab er den Amphitruo des Plautus heraus, der bei ihm vielfach von der Arbeit des Villalobes abweicht. Zahlreiche Kürzungen des Originales ersetzen mancherlei Einschiebungen, welche meist unglücklich gerathen sind. Sie schaden fast überall dem Fortschritte der Handlung und sind vor allem durch ihren Stil höchst bedenklich. Es ist jene unnatürliche, in allen Figuren sich bewegende Sprache, welche, durch die Celestina veranlasst, damals als besonders schön galt.⁴)

Die kgl. Hof- und Staatsbibliothek zu München besitzt dieses ziemlich seltene Exemplar von Olivas Amphitruobearbeitung. (A. lat. a. 235). Es umfasst vierzig Seiten und ist in deutschen Lettern gedruckt, ohne Angabe des Verfassers, der Jahreszahl, des Druckortes. Der Titel ist:

---

¹) Ad. Fried. von Schack, Geschichte der dramatischen Literatur und Kunst in Spanien. Berlin 1845. I, S. 125.
²) Schack I, 236.
³) Schack I, 207.
⁴) Schack I, 207.

☩ **Muestra de la len-
gua castellana en
el nascimiento
de Hercules.**
☩
**O Comedia de
Amphitrion** .:.

Im Vorworte, das El maestro Fernan perez de oliua an seinen Vetter Augustin d'oliua richtet, sagt er, er habe diese Geburt des Herkules geschrieben, um zu zeigen, dass Spanisch nicht hinter dem Lateinischen stehe. «He te pues escrito el nascimiento de Hercules: que primero escriuierō griegos: y despues Plauto en latin: *y he lo hecho no solamente a imitacion de aquellos auctores:* pero a conferencia de su inuencion y sus lenguas: porq̄ tengo yo en vestra castellana cōfiāça: q̄ no se dexara uencer.»

Das ganze Stück ist nicht in Akte und Scenen getheilt; es ist fortlaufende Prosa. Mercurio tritt als Prologo auf. Vor langer Zeit habe sich Juppiter, ein mächtiger **Mensch**, als **Gott** anbeten lassen: «muchos tiempos ha, que Jupiter, hombre muy poderoso, entre gente vana se hizo adorar por dios: este fuó mi padre.» Auch er war ein Gott, und ihre Macht dauerte, solange die Menschen ohne religiöse Unterweisung waren; jetzt aber sind sie soweit gekommen, dass sie nur mehr zur Bühne «por las fiestas» passen. Eine der drolligsten Geschichten sei die Geburt des Herkules. Sodann erzählt er den Inhalt der Komödie.

Natürlich ist es nur die Furcht vor der Inquisition, die ihn zu dieser Erklärung nöthigt, wie die Venus des Camões in den Lusiaden[1]) von sich sagt, sie sei nur ein Trugbild.

Alcumena tritt auf und klagt um ihren fernen Gatten.

---

[1]) Camões, Lus. X, 82 ist derselbe Gedanke.—Vgl. Reinhardstoettner, Luiz de Camoens, der Sänger der Lusiaden. Eine biographische Skizze. 2. Aufl. (Leipzig 1879), pag. 64.

Sie begreift nicht, wie die anderen Frauen heiter sein können, da ihre Männer abwesend sind. „Zeige dich, Vater", ruft Mercurio, worauf Juppiter vortritt. Nach einer kurzen Begrüssung findet sie ihn schwarz und bartig (q̄ fiero: quā negro y quā barbado). Sie erblickt auch Merkur als Sosia. (aqui estas Sosia? seas biĕ venido. no te auia uisto!) Juppiter berichtet ihr vom Tode des Königs Ptherela und schenkt ihr seinen Becher (su taça con que el beuia). Das übrige will er ihr drinnen erzählen; sie treten ein.

Merkur philosophirt nun, man könnte seinen Vater für «indigno de su magestad» halten, weil er menschliches Geschlecht annahm, allein das Menschengeschlecht ist ja der Schmuck der Welt.

Um sich die Langeweile zu vertreiben, sucht er ein Vergnügen, da naht Sosia mit der Laterne. Das Dunkel, meint er, ist schlimm, und wohl hat die Natur gethan, uns Nachts den Schlaf zu geben. Er betrachtet die Sterne und macht sich den Bericht zurecht, den er Alcumena erstatten will; dies zunächst nach Plautus. Nach dieser langen Rede tritt ihm Mercurio in den Weg, so ziemlich nach dem Vorbilde des lateinischen Dichters. Sosia geht, das Erlebte seinem Herrn zu erzählen.

Juppiter scheidet von Alcumena und spricht hiebei übermässig viel über einen wohl organisirten Staat.

Amphitrion und Sosia treten auf. Der Herr schenkt ihm keinen Glauben; denn wenn jemand die Macht hätte sich in anderer Gestalt zu verwandeln, so würde er eine andere wählen. Alcumena tritt auf in einem auf Plautus fussenden Monologe. (Todos los plazeres desta vida no son sino aparejo u. s. w.) Sie erblickt ihren Gatten. Die Verwirrung beginnt. Höchst eigenthümlicher Weise erzählt Sosia als Intermezzo eine «gar wunderbare Geschichte» (hystoria muy marauillosa) von fast zwei Seiten, bis Alcumena den Becher als Beweis bringt. Der weitere Verlauf der Scene stützt sich auf Plautus.

«Yo ynocête soy», wiederholt sie mit Nachdruck. Amphitrion geht, um Naukrates zu holen.

Juppiter kömmt, Alcumena zu versöhnen. («a deshacer las injurias q̄ le dixo âphitrion.») Sie weist ihn anfänglich ab, Juppiter wird (fast wie Molières Juppiter) sentimental; er will sterben und wenn einst sein Sohn (que en tí encerrado queda) um seinen Vater frägt, solle er erfahren, dass ihm ihre Grausamkeit getödtet hat. Dem kann Alcumena nicht widerstehen. Sie treten ein. Mercurio bewacht das Haus. Amphitrion hat vergeblich Naukrates gesucht; er will ins Haus, Mercurio hält ihn ab. „Du bist nicht Amphitrion", ruft er ihm zu, „sondern irgend ein Zauberer. Klopfe weiter nicht, sonst mache ich es mit deinem Kopfe, wie du mit der Thüre."

Sosia und Blefaron besprechen den Vorfall. Blefaron wendet sich an Amphitrion, der ihn zu Tische lud; dieser klagt, dass sein Haus ihm und seinen Freunden verschlossen sei; Sosia wehre ihm den Eintritt. Blefaron erwidert, Sosia könne es nicht gewesen sein, da er bei ihm war. Juppiter zeigt sich: „Valasme Dios del cielo: o duermo o estoy velando: dos amphitriones", ruft Blefaron, worauf sich Sosia sofort fü· Juppiter entscheidet: «blefaron aquel que sale de casa: es e verdadero: estotro es algu encatador!» Juppiter ruft Sosi und Blefaron zu sich, Amphitrion erhitzt sich, Blefaron warn wiederholt vor Injurien; da sie sich so ähnlich sind, dass «d quien las oye: a quien las dize: recudiran las injurias. Sie treten ins Haus ein. Amphitrion, höchlich erzürnt, wil alle Freunde zusammenrufen, das Feuer, das in ihm brennt kann nur Blut löschen; er will sein Haus anzünden, um all zu vernichten. Da kömmt Naukrates; er hält von der Fern· Amphitrion für wahnsinnig. (ciertamente en sus meneo muestra que esta loco.) Amphitrion erzählt seine Geschichte Naukrates verlangt Eintritt und wird eingelassen. Amphi trion klagt über seine jetzige Lage, da kehrt Naukrates ent setzt zurück. Er hat Alcumena zwei Knaben gebären sehen; der Vater des ersten ist Juppiter, der des zweiten, Amphitrion, rief eine unbekannte Stimme: „Y nascido el primero oymos una boz clara de no se quien: que nos dezia: Jupiter es el padre, del q̄ es nascido, nascera otro luego: quo sera de Amphitriō. El vno manifestara su padre en el gesto: y el otro en la virtud." Es wird nun in wenig Worten die Erwürgung der zwei Schlangen berichtet. Amphitrion ist nicht befriedigt. Er fällt, wieder der Inquisition zur Liebe, aus der Rolle und sagt: «Naukrates, ich glaube, diese Leute beteten Juppiter an, weil sie an ihren Göttern Vorbilder des Lasters haben wollten, um sich zu entschuldigen; denn unter den Guten wird er mit solchen Thaten für einen Tyrannen gehalten werden, da er seine Macht benützt, um seinen schnöden Listen zu dienen. Gehen wir zu Alcumena, die ich nicht für verdorben sondern für betrogen halte.» «Und nun wird es gut sein, dass wir davon nicht weiter sprechen,» meint Naukrates, und das Stück schliesst: Hispania Plaude!

Vom Dialoge des Plautus hat Oliva wenig benützt, nur ein paar der citirten Scenen beruhen auf Plautus, So hat er aus der heiteren, lebenskräftigen römischen Komödie einen matten Abklatsch geschaffen, der poetisch tendenzlos doch eine Tendenz — die Verhöhnung der alten Gottheiten — in sich schliesst, eine Idee, die mehrere Dichter jener Jahrhunderte — man denke an Francesco Bracciolini's «Scherno degli Dei» — zu schauderhaften Werken verleitete. In der ganzen Arbeit Olivas ist nicht ein Fünkchen jenes reichen Witzes, den die plautinische Komödie sprüht.

Die Frage, ob diese Stücke auch wirklich gespielt wurden, ist vielfach aufgeworfen worden. Wenn sie auch die Bühne nicht gesehen hätten, so wären immerhin des Villalobos und Oliva und ihrer nächsten Nachfolger Bestrebungen schon „als blosse litterarische Vermittler der Bekanntschaft mit dem alten Drama" ¹) nicht ohne Bedeutung.

Zur Zeit, da der grosse Epiker Luiz de Camões, der unsterbliche Dichter der Lusiaden (geb. 1524; gest. 10. Juni 1580) an der Universität Coimbra studirte, schrieb er unter dem Titel «Os Amphitriões» ein Lustspiel, das eine Nachahmung des plautinischen Amphitruo ist, und erst später im Jahre 1587 mit den Autos von Prestes aufgefunden wurde.²) Es ist in der Art des Gil Vicente (gest. 1536) geschrieben. Eine alte Sitte verband mit den akademischen Festlichkeiten in Coimbra die Aufführung irgend eines Autos, allerdings oft nur einer Tragödie des Seneca oder irgend einer anderen lateinischen Scene. Gewiss ist es ein unbestreitbares Verdienst des jungen Dichters, dass er in dieser Komödie zu seiner Muttersprache und zu einem volksthümlichen Metrum griff, selbst wo es die Verherrlichung eines gelehrten Festes galt.

Gegenüber dem plautinischen Originale hat sich der Dichter bemüht einiges zu mildern, was seinem Zeitalter denn doch zu derb sein musste. Diese Rücksicht hat ihn zu mancher Aenderung veranlasst, die jedoch nicht immer dem Stücke zum Vortheile gereichte.

Hören wir den Inhalt.³)

I. Akt. Alkmene klagt der Bromia über die lange Abwesenheit ihres Gatten Amphitruo, ein Motiv, das Camões wohl aus Oliva nahm, und befiehlt ihr, nach Feliseo zu schicken, um von ihm zu erfahren, ob im Hafen keine Neuigkeiten eingelaufen sind. Feliseo naht, und nach einigen

---

¹) Schack I, 208.
²) Theophilo Braga, Camões. — Braga, Manual, pag. 245. Reinhardstoettner, Luiz de Camoens, pag. 11.
³) Obras completas de Luiz de Camões, correctas e emendadas pelo cuidado e diligencia de J. V. Barreto Feio e J. G. Monteiro. Hamburg (Langhoff) 1834. III. Bd. pag. 299—382.

neckischen Gesprächen mit Bromia geht er nach dem Hafen. (1—5.) Juppiter tritt mit Merkur auf und erzählt ihm von seiner hoffnungslosen Liebe zu der keuschen Alkmene. Da giebt ihm Merkur den Rath, sich in Amphitruos Gestalt zu verwandeln und sie auf diese Weise zu überlisten. Er folgt diesem Vorschlage. Unterdessen berichtet Kallistho von der noch diese Nacht zu erfolgenden Rückkehr des siegreichen Amphitruo (5. 6).

II. Akt. Juppiter als Amphitruo, Merkur als Sosia treten auf. Die Nacht soll verlängert werden. Nach herzlicher Begrüssung Alkmenens treten beide ins Haus und Merkur hält vor demselben Wache. Sosia, Amphitruos Diener, tritt singend auf; Merkur tritt ihm entgegen, geberdet sich als Sosia und jagt den wahren Sosia, verwirrt über seine eigene Identität, von dannen. (1—7.)

III. Akt. Juppiter nimmt von Alkmene Abschied. Amphitruo und Sosia treten auf. Letzterer erzählt seinem Herrn, was ihm widerfahren sei (1—3). Klagend über ihres Gatten frühes Scheiden erscheint Alkmene; sie gewahrt Amphitruo und Sosia, und da sie sich über ihr Hiersein wundert, beginnt die Verwirrung; sie erzählt von der Begegnung in dieser Nacht und lässt zur Bestätigung den ihr geschenkten Becher des Pterelas durch Bromia holen. Amphitruo geht ab, um den Belferrão als Zeugen zu holen, dass er nicht bei seiner Gattin gewesen sein kann, indessen Alkmene um ihren Vetter Aurelio schickt. (3—6.)

IV. Akt. Juppiter versöhnt Alkmene und geht mit ihr ins Haus; Mercurius hält vor demselben Wache. Er hält den herankommenden Amphitruo in sehr grober Weise ab einzutreten. Belferrão und Sosia kommen herbei, was eine komische Situation veranlasst, da Sosia von einem unehrerbietigen Benehmen gegen seinen Herrn nichts weiss. (1—4.)

V. Akt. Die beiden Amphitruo stehen einander gegenüber. Beide berichten von ihren Siegen, beide zeigen die gleichen Wunden, so dass sich Sosia für die Echtheit Juppiters entscheidet und dieser wieder ins Haus geht, indessen es für Amphitruo verschlossen bleibt. (1—3.) Aurelio ist herbeigeeilt und trifft den jammernden Amphitruo vor seinem Hause. Um sich klar zu werden, dringt er ein (4—7) und kömmt alsbald wieder heraus, um von einer überirdischen Erscheinung zu berichten. Die Stimme Juppiters lässt sich von innen vernehmen. Er sei der in seinen Werken grosse Gott; er habe Amphitruos Gestalt angenommen, um das Geschlecht desselben zu ehren. Alkmene werde den Herkules gebären, von dessen zwölf Arbeiten ruhmreich die Geschichte berichten werde. Mehr sagt er nicht.

> Enfim a razão me obriga
> Que tão pouco delle diga,
> Porque o tempo dirá muito.

Ohne ein Wort der Erwiderung von Seiten Amphitruos endet die Komödie.

Es hat sich Camões, wie bemerkt bemüht, das Derbe des Plautus nach Kräften zu mindern. Allein Plautus stund auf dem Boden der Sage. Ist auch Juppiter, den Tendenzen des Lustspieldichters entsprechend, bei Plautus mehrfach nicht gerade von der Würde des höchsten Gottes umstrahlt, so war sein ganzes Abenteuer doch gewissermassen ein **grosses Werk, das er beabsichtigt und überlegt ausführte** (vgl. V. 387. Nunc memet — 879) — nämlich die **gewollte Zeugung** des grössten Heroen der antiken Welt, zu der sich Juppiter nach der alten Mythologie eine dreimal längere Nacht wählte, wodurch symbolisch schon die Bedeutung dieses Werkes und des Herkules selbst angezeigt wurde. [1] Da die Geburt des Herkules selbst überdies zur Lösung des plau-

---

[1] L. Preller, Griechische Mythologie. 3. Aufl. von E. Plew. Berlin 1875. II. Bd. pag. 177. — J. S. Ersch und J. G. Gruber, Allgemeine Encyclopädie der Wissenschaften und Künste. Lpz. 1819. III, 403.

tinischen Lustspiels führt, so könnte dies geradezu „Die Geburt des Herkules" heissen. Jenes gewaltige mythologische Ereigniss wird bei Camões nur die Folge von Juppiters Liebesdrang, o h n e d a s s h i e b e i d e s H e r o e n g e d a c h t w ü r d e. Juppiter, ernstlich in Alkmene verliebt, klagt, dass der Pfeil des kleinen Liebesgottes mächtiger als er selbst sei, und ihn den höchsten Gott zwinge, d e r zu dienen, welche ihn als Gott anbetet. (I. v.)

> Oh grande e alto destino!
> Oh potencia tão profunda!
> Que a setta d' um menino
> Faça que meu ser divino
> Se perca por cousa humana!
> Que m' aproveitam os céos,
> Onde minha essencia mora
> Com tanto poder, se agora
> A quem me adora por deos,
> Sirvo eu como a senhora? u. s. w.

Vergeblich hofft er die «tugendhafte Frau» für sich zu gewinnen; da räth ihm Merkur Amphitruos Gestalt anzunehmen.

· Es ist also das Ganze nicht Juppiters Werk und Erfindung.

Merkur sagt ihm bei seiner Liebesqual (l. c.):

> Senhor, tudo póde ser;
> Que para quem muito quer,
> Sempre a affeição é manhosa.
> Seu marido está ausente
> Na guerra longe daqui.
> Tu qu' es Juppiter potente,
> Tomarás sua forma em ti;
> Que o farás mui facilmente.
> E eu me transformarei
> Na de Sósea, criado seu. u. s. w.

Freudig ergreift er den ihm gebotenen Ausweg und gesteht später, dass einzig Amor wirke (II, 1), indem er auf Merkurs Worte:

> Muito mais farás, senhor

erwidert:

> Não o faz senão o Amor
> Que n'isto póde mais que'eu.

Merkur ist es auch, der ihn (l. c.) über die Vorgänge im Lager unterrichtet, der somit alles ins Werk setzt, und dem Juppiter dies auch mit den Worten zugesteht:

> Pois tudo tens ordenado
> Por tão nova e subtil arte...

Nur der Befehl an Phoebus, die Nacht auszudehnen (II, 1)

> Que faça mais devagar
> Seu curso neste Hemispherio

geht direkt von Juppiter aus.

Merkur übernimmt nun die Rolle des plautinischen Merkurs, nachdem beide in ihrer Verwandlung genauestens ihrem Originale gleichen.[1]) Er wacht auf Juppiters Geheiss vor der Thüre des Hauses und hat mit der Gestalt des Sosia auch dessen spanische Sprache[2]) angenommen. Wie dieser prahlt er bei dessen Heimkehr (II, 2):

> Pues tambien yo no crei
> Que en mi vida te viese,
> Segun las muertes que vi.

---

[1]) Mercurio: Quem tao proprio se transforma,
  Tenho por opinião,
  Que na tal transformação
  Lhe prestou natura a forma,
  Com que fez Amphitrião.
Juppiter: Pois tu no gesto e na côr
  Estás Sósea escravo seu.

[2]) So sprachen in den Komödien jener Zeit das niedere Volk, Diener u. s. w.

Amphitruo ist, wie bei Plautus, der tapfere, siegreiche Held (II, 2). Wehmüthig stimmt ihn der ganze Vorgang; seine Ehre hält er für verloren. Er klagt (V, 2):

> Porque é roubada
> Minha honra sem temor,
> E minha cara tomada,
> E vossa prima enganada
> Por um grande encantador.

Sein Schicksal rührt ihn zu Thränen; weinend gedenkt er (V, 6) seines einstigen ehelichen Glückes:

> E quando vejo a verdade
> Do nosso amor e amizade
> Desfeita com tanta magoa
> Enchem-se-me os olhos d' agoa,
> E a alma de saudade.

Das ist der letzte Monolog, den er spricht, und (die Fragen que vai lá? que cousas vão? ausgenommen) die letzten Worte. So sehen wir ihn erschüttert und innerlich vernichtet, bis Juppiter spricht und sich als Gott zeigt.

Auch der Amphitruo des Plautus ist tief erschüttert durch die Störung seines häuslichen Glückes; er ist bemitleidenswerth, wenn er (V. 1082) Bromia frägt:

> Scin me tuum esse erum Amphitruonem?

aber wir sehen ihn langsam wieder aufleben und zufrieden, ja nicht ohne Stolz, des Vorganges gedenken. Ob wohl der Amphitruo des Camões ähnlich mit Juppiters Schlusswort zufrieden ist? Er spricht es mit keinem Worte aus, und der Leser hat nach seiner Stimmung in der vorletzten Scene kaum einen Grund, dies anzunehmen. Der Schluss bringt eine Versöhnung nicht zum Ausdrucke.

Wie im Originale ist auch hier Alkmene das edle Weib. Ihr Gatte ist ihr Alles.

> Ah Senhor Amphitrião
> Onde está todo meu bem

seufzt sie (I, 1); er wohnt in ihrem Herzen; sie spricht

> co' o coração
> Que dentro n' alma vos tem.

Sie frägt, ob er im Felde oder sie zu Hause mehr geduldet habe. Sie hat ihn stets geliebt und war seine treue Gattin:

> Sempre de mi foi amado,
> Tanto quanto em mi se sente,
> Co' o coraçao liado,
> Que se de mi era ausente,
> Nelle o via figurado.
> E pois mulher, que cumprisse
> Melhor qu'eu fidelidade,
> Não a vi, nem quem me visse
> Que dos limites sahisse
> Um pouco da honestade.

Als besonders tugendhaft rühmt sie auch Juppiter (I, 5):

> Mas que remedio hei de ter
> Contra mulher tão terribil,
> Que se não póde vencer?
> — — — — —
> Tu não vês qu' esta mulher
> Se preza de virtuosa?

Ihre innige Liebe zu ihrem Gatten leuchtet besonders beim Wiedersehen hervor (II, 2):

> Oh presença mais querida
> Que quantas formou Amor!
> Isto é verdade, Senhor?
> Acabe-se aqui a vida,
> Por não ver prazer maior.

Der Sclave Sósea, der spanisch spricht, ist bei weitem nicht so fein durchgearbeitet wie der des Plautus. Das Prahlen und die Feigheit hat er mit jenem gemein (II, 5):

> Yo como muerto le vi,
> Juro á mi fé, que le di
> Mas de dos mil cuchillazos.

Gerade in dieser Scene ist er ganz und gar eine Gestalt der damaligen Bühne geworden. Die übrigen Personen des Stückes, der dichtende[1]) Feliseo, der Belferrão, Alkmenens Vetter Aurelio, endlich Callisto sind zum grössten Theil Zuthaten des Dichters. Bromia hat im Allgemeinen dieselbe Aufgabe wie bei Plautus, nur berichtet bei Camões Aurelio von der göttlichen Erscheinung.

Hat somit der portugiesische Dichter im grossen Ganzen manches ändern zu müssen geglaubt, anderes, wie die gewiss wirksame Gegenüberstellung der beiden Amphitruo in der ersten Scene des fünften Aktes nach den Supposita zu Plautus glücklich verwerthet, wobei stets eine verschiedene Grundidee vorlag — bei Plautus die beabsichtigte Zeugung des Herkules, stets (vgl. z. B. auch V. 479, sqq.) hervorgehoben, bei Camões das Quiproquo der beiden Amphitruo, was schon der Titel (Os Amphitriões) sagt — so hat er sich doch wieder in vielen Stücken enge an das Original angeschlossen.

Wir sehen die Scene nicht, wo Juppiter Alkmenen den Becher des Königs Pterelas übergiebt, aber der Vorgang ist beibehalten. Er erhielt ihn als Ehrengeschenk (II, 1):

---

[1]) Derartige Dichter, welche ihre Liebespoesien jedem, der des Weges kommt, zum Besten geben mit der Versicherung, dass sie selbst ohne Beihülfe dieses Gedicht verfertigten, wie Felisco auf Kallisthos Frage „Senhor, vós só o fizestes!" emphatisch erwidert: „Si que ninguem me ajudou" (I. 6) waren ständige komische Figuren der damaligen Bühne. — Vgl. die höchst gelungene Farce „De quem tem Farelos" des Gil Vicente.

> Como em sinal da victoria,
> Esta copa lhe foi dada,
> Por ella bebia el Rei....

Bei Plautus (V. 534):

> Nunc tibi hanc pateram, quae dono mi illi ob uirtutem datast,
> Pterela rex qui potitauit .... condono.

Der Abschied Pseudoamphitruos von Alkmene (III, 1):

> Vós me vereis ca, Senhora,
> *Primeiro do que cuidais.*

erinnert an Juppiters Wort (V. 455):

> Prius [enim] *tua opinione* adero.

Die treffliche Scene, in welcher der plautinische Mercurius den Sosia in Angst versetzen will, hat sich Camões gut angeeignet. Dem (V. 309):

> Quisquis homo huc profecto uenerit, pugnos edet

entspricht des Camões (II, 6):

> No veo pasar ninguno,
> En quien yo me pueda hartar.

Dem (V. 321):

> *Olet* homo quidam malo suo.

das:

> La carne de algun humano
> *Me seria* mui *sabrosa.*

Dem (V. 325):

> Vox mi ad auris aduolauit

genau:

> *Una voz* de hombre ahora
> *Á la oreja me voló.*

So auch die Weigerung seinen Namen zu sagen:

343. M. Seruosne es an liber? S.
    Vtquomque animo conlubitumst
        meo.
    M. Ain tu uero?

362. M. Quis erus est igitur tibi?
    S. Amphitruo, qui nunc The-
        banis praefectust legionibus.

364. M. Quid ais? quid nomen tibist?
    S. Sosiam uocant Thebani.

366. M. Ne tu istic hodie malo tuo
        compositis mendaciis
    Aduenisti . . .

370.   Nunc profecto vapula ob
            mendacium.

390. S. Non loquar nisi pace facta.
    M. Non nocebo. S. Tuae fide
        credo? M. Meae.
    S. Animum aduorte . . . : Am-
        phitruonis ego sum seruos
        Sosia.
    M. Etiam denuo?

M. ¿Quién? ¿quieres hablar?
S. Soi quien mi voluntad quiere.

M. ¿Piensas que puedas hablar?
M. ¡Di! ¿Quién eres?
S.   Un criado
    Del Señor Amphitrion.

M. ¿Cómo te llamas, mal hombre?
S. Sósea soi, se non me oiste.

M. Con tan nueva falsedad
    Andais por esta ciudad.

    Pues, si sois Sósea, tomad.

S. Tregoas me has de prometer
    Dirtelohé sin profia.
M.   Prometo.
S. ¿No me darás? M. No . . .
S. Pues, hermano, tu sabrás
    Que mi amo Amphitrion . . .
M. ¿Tu amo? ¿Pues llevarás?

und die Erzählung von seinen kriegerischen Erlebnissen und seiner Weinprobe:

427. S. Legiones quom pugnabant
        maxume,
        Quid in tabernaclo fecisti?
    M. Cadus erat uini; inde im-
        pleui hirneam.

S. ¿Empero, tú que hacias,
    cuando la batalla vias?
M. Cuando mi Señor andaba
    Peleando y derramaba
    La sangre de algun mezquino;
    Con una bota de vino
    Yo la mia acrescentaba.

u. s. w.

Der Monolog Alkmenens (III, 3) ist nach dem des Plautus (V. 633 sqq.) gearbeitet, doch stark zusammengezogen; ebenso die Scene mit dem Becher, die Schilderung

3*

wie der Pseudoamphitruo zu Hause that, diese letztere nur etwas verhüllter u. dgl. mehr.

Es hat Camões in dieser Komödie schon im Aeusseren die Schule des Gil Vicente vertreten, was, wie Braga treffend bemerkt[1]) an einem Manne Wunder nehmen muss, welcher die klassische Renaissance kannte und sich an der italienischen Litteratur begeisterte. Des Camões Arbeit ist von hohem poetischen Werthe[2]); die Redondilhenform ist prächtig gelungen; es ist ein klassisches Produkt, aber echt national, antik, aber völlig dem Geiste und Geschmacke seiner Zeit angepasst. Von allen Amphitruobearbeitungen ist an Formvollendung die des Camões die einzige, welche sich Molières Metrik an die Seite stellen kann. Es ist reine Musik, was diese Verse aussprechen.

Unter den romanischen Völkern haben sich besonders die Italiener für Plautus interessirt. Plautus und Terenz wurden zuerst in Rom gespielt;[3]) Paolo Cortese berichtet von einer Aufführung der Asinaria auf dem Quirinalischen Hügel.[4]) Dem Herzoge Herkules I von Ferrara besonders war unendlich viel daran gelegen, diese Aufführungen in seiner Residenz mit gleichem Glanze zu sehen; er reiste mit seinem ganzen Gefolge nach Mailand, nur um den Auffüh-

---

[1]) Manual da Historia da litteratura portugueza. Porto 1875. pag. 245. „Admira por certo vêr Camões, que conhecia intimamente a Renascença classica, e que se inspirava da poesia italiana, seguir no theatro a eschola de Gil Vicente."

[2]) Ibid. „Bastaram estes tres Autos de Camões (sc. Os Amphitriões, El Rei Seleuco, Filodemo) *para revelarem um grande poeta*, em nada inferior a Gil Vicente.

[3]) „Primorum antistitum atriis pro theatris usus, in quibus Plauti, Terentii, recentiorum etiam quaedam agerentur fabulae." *Marcantonio Scabellico* im Leben des Pomponio Leto. — Vgl. Storia della letteratura italiana del cav. Abate *Girolamo Tiraboschi*. Nuova edizione. Firenze (Molini, Landi e Co.) 1809. Tom. VI. Parte III. pag. 872.

[4]) *Tiraboschi* VI, 873.

rungen des dortigen Hofes beiwohnen und sich ein Vorbild machen zu können. Er liess mehrere plautinische Stücke[1]), darunter am 26. Januar 1487 den Amphitruo[2]) aufführen, der am 12. Februar 1491 bei der Hochzeit seines Sohnes Alfonso I. mit Anna Sforza wieder auf die Bühne kam.[3]) Diese Uebersetzung des Amphitruo ist von dem 1500 im Gefängniss erdrosselten[4]) Pandolfo Collenuccio[5]). Die Uebersetzung des Colenuccio «Commedia di Plauto intitolata l'Amphitriona, tradotta dal latino al uolgare, per Pandolfo Colonnutio, & con ogni diligentia corretta & nuouamente stampata» 1530. (in Vinegia per Nicolo d'Aristotile detto Zoppino fl. 64.) ist in leichter Form in terza rima und im engen Anschlusse an Plautus gearbeitet; z. B. Alcmenas Monolog (pag. 24):

> Tutti i piacer che' n questa uita s'anno,
> Son poca cosa in comparatione
> De fatiche infinite e molto affanno,
> Nel qual esser si trouan le persone. u. s. w.

---

[1]) Z. B. am 25. Januar 1486 die Menaechmen. Il Duca Ercole da Este fece fare una festa in suo cortile; fu una facecia di Plauto, che si chiamava il Menechio. (Script. rer. ital. Tom. XXIV. pag. 278.)

[2]) Il Duca Ercole fece fare in dicto cortile a tempo di notte la festa di *Amphitrione* e di Sosia con uno paradiso di stalle et altre rode che fu una bella cosa, ma non si potè finire, perchè comminciò a piovere; bisognò lasciare stare a hore V di notte, dovea durare fino a le IX. (Script. rer. ital. Tom. XXIV, pag. 279.)

[3]) In meggio de la Sala ghe era un Paradiso, e dopoi dicta festa feceno la Commedia di *Amphitrione*. (Script. rer. ital. Tom. XXIV, pag. 282.)

[4]) *Fabritii Biblioth. lat. med. aevi T. I, pag. 1120.*

[5]) *L'Anfitrione* fu opera di Pandolfo Collenuccio da Pesaro che fu per qualche anno in Ferrara, e si ha in fatti alle stampe questa commedia da lui *tradotta in terza rima* e stampata poi in Venezia nel 1530. (Drammaturgia di Leone Allacci, diuisa in sette indici. In Roma (Per il Mascardi 1666.) pag. 28. — Argelati, Bibl. degli volgarizzatori, Tom. III, pag. 228. IV, 357. 358. Fontan. Bibl. colle note del Zeno. Tom. I.

Das ganze Scenarium stimmt mit Plautus überein; nur in den Supposita waltet er freier. Mit dem Beginn des fünften Aktes liegt Amphitruo nicht vor seinem Hause, vielmehr klopft er an die Thüren:

> Aprite, aprite, aprite o uui di drento,
> Se non ch' io atello l'uscio in un momento.

Bromia erzählt die Geburt u. s. w. nach dem Originale. Die Rede Juppiters (Bono animo es):

> Statti di buona uoglia, o Amphitrione,
> Ch' io son qua per aiutar li tuoi u. s. w.

ist, um die Thaten des Herkules zu erzählen, auf 123 Verse (von 13 des Originales) ausgedehnt worden. Eigenthümlich ist der Schluss. Amphitruo erwidert Juppiter wie bei Plautus (V. 1143, 44.), dann aber, man hat wohl anzunehmen, als Juppiter verschwunden ist, spricht er etwas anders. Der Gott hätte ihm, seine Gnade anders, als durch Umgang mit seiner Frau beweisen können, wohl ein Apart an das Publikum (fol. 64):

> Di tanta humanita, che l'immortale
> Gioue m'ha usata, contento seria
> Se pur fatto m'hauesse altro signale
> D'amor, che usar con la mogliera mia:
> Che tal domestichezza manifesta
> Non mi ua molto per la fantasia,
> E a dire il uero, non me piacque in testa
> Portar l'insegna de la corne mai.
> Ma pur la sorte mia dogliosa e mesta
> Portaro in pace, e gli miei affanni e guai
> Ch'io non son solo eletto a tali honori
> Et ho per tutto de i compagni assai.

---

pag. 202.) Vgl. Tiraboschi VI, pag. 878. — Dr. E. Ruth, Geschichte der italienischen Poesie. (Lpz. 1847.) II, 116.)

> Ma nui, presenti e chari spettatori
> Ridendo e giubilando fate segno,
> Se la comedia piace a nostri cuori
> Dio ne conserui ne lo eterno regno.

Ohne Zweifel zählt die Uebertragung des Collenuccio zu den vollendetsten der Komödie.
Auch unter dem Nachfolger Herkules I., seinem Sohne Alfonso I.,[1]) wurden die antiken Lustspieldichter gepflegt; es fehlt nicht an Uebersetzern und Nachahmern bis in die späteren Zeiten.[2]) Agnolo de Firenzuolo[3]) (geb. 1493, gest. vor 1548) entnahm seine «Lucidi» und die «Trinuzia» plautinischen Lustspielen (Menaechmi), die er jedoch in sehr geschickter Weise lokalisirte und den Zeiten anpasste. Bib-

---

[1]) Unter seiner Regierung kam der Miles gloriosus des Celio Calcagnini. (Tiraboschi VII. 858). Gasparo Sardi, Storie di Ferrara.

[2]) Man spielte z. B. *la Cassina* und *Mostellaria* (in terza rima) von Girolamo Berardo (1501; gedruckt Ven. 1530. Tirab. VI, 878); die *Aulularia* von Paride Ceresara (Tirab. VII, 479); Battista Guarino (Tirab. VI, 879) übersetzte (1497) plautin. Stücke; im Februar 1499 wurde *Trinummus* und *Poenulus* und des Terenz Eunuchus in Ferrara aufgeführt (letzteres die erste Komödie des Terenz). Die *Bacchide* nach Plautus kam auf die Bühne (Tirab. VII, 1294). Aber die *Cefalo* des Nicolò da Correggio (in Ferrara am 21. Januar 1487 gespielt) ist nicht nach Plautus, sondern ein Pastoralstück. (Tirab. VI, 884.) Ueber die angezogene Aufführung des Trinummus und Poenulus berichtet Bembo in einem Briefe an Angiolo Gabbrielli (fam. epist. 18 cal. mart. 1499): „Tres fabulae actae sunt per hos dies; Plautinae duae: Trinummus et Poenulus, et una Terentii: Eunuchus." ... Ueber spätere Uebersetzungen sagt Tiraboschi (VII, 1329) Dl Terenzio e di Plauto ancora non vennero in luce tai traduzioni che si possano rammentare con lode; ma molte particolari commedie ne furono tradotte da diversi poeti. — Vgl. Ruth II, 496. — Späteren Datums ist die Uebersetzung von P. Don Mauro Sellori (anagrammatisch Romolo dal Seri) (Rom, Orazio Campana 1702.) Auch erwähnt Fabritius (Bibliotheca latina medii aevi I, S. 6) einer anderen von Pietro Piareta; und weitere zwei Manuscripte, ein anonymes, und eines von Nicolò Fortiguerra nennt Argelati III, p. 230, 231.

[3]) Tiraboschi VII, 1197. Ruth III, 499, 583.

biena rühmt sich, seine «Calandra» nach dem Vorbilde des Plautus (Memacchmi) bearbeitet zu haben [1]); eine aus 286 Stanzen bestehende Novelle «Geta e Birria» (Vened. 1560)[2]) beruht auf dem Geta (Amphitruo) (vgl. pag. 16), und die äusserlich von Amphitruo unabhängig scheinende Komödie «Il marito» des Lodovico Dolce (Ven. 1545. 1560.)[3]) ist ganz nach ihm geschrieben.

Lodovico Dolce ist im Jahre 1568 in grösster Armuth zu Venedig gestorben. Er hat verschiedenes aus römischen Classikern (Ovid, Cicero, Seneca, Catull, Horaz) übersetzt. Von seinen zahlreichen Arbeiten berichtet vielfach Argelatis Bibliothek (z. B. III, 55, 92, 124, 125, 126, 159, 195 u. s. w.) Sein «Il Ruffiano»[4]) (Venedig 1560) ist dem Rudens, sein «Il Capitano» (Ven. 1560) dem Gloriosus[5]) nachgeahmt; Il Marito (der Gatte) ist der Amphitruo des Plautus, wie uns der Prolog sagt, in dem er zugleich die Gründe auseinandersetzt, welche ihn zur Ausarbeitung veranlassten.

---

[1]) Ginguené, P. L. Histoire littéraire d'Italie. Paris 1813. Tom. VI, part. II. chap. 22. pag. 181. — Ruth II, 519.

[2]) Angezeigt bei J. G. Sulzer, Allgemeine Theorie der schönen Künste. 2. Aufl. Lpz. 1793. III, 704 b. und bei Argelati, B. d. Volg. III, 229 als „Gieta e Birria" Novella tracta dall' Anphitrione di Plauto (senza luogo, nome dello Stampatore, ed anno) in 8.

[3]) Il Marito. Comedia di M. Lodovico Dolce. Di nuono corretta e ristampata. In Vinegia appresso Gabriel Giolito dei Ferrari 1560.

[4]) Was wohl denselben Sinn hat, wie das *spanische* Wort (Schack. I, 228).

[5]) Dies drückt der Prolog aus:
Mi uolgo a dir ch'io u'appresento Plauto.

Vedrete compararui innanzi il Milite,
Ma con altra dinisa, e fatto giouane.

So auch Zeno in den Annotaz. zu Fontanini T. I. p. 371. — Argelati IV, 361. Questa commedia, dice il Zeno, esser tolta intieramente dall'Anfitrione di Plauto. — Ruth II, 499. u. 585.

Poi, che 'l mondo ha cangiato aspetto, et uedesi
Ogni di uariar costumi, & huomini,
E leggi, e Signorie, e linguaggi, & habiti;
Marauiglia non è, se le Comedie
Si fan diuersamente al nostro secolo,
Qual con noci legate, e qual con libere.
E se l' Autor, *che gia ui diede il Milite
Di Plauto;* hora ui da quest' altra fauola
Fatta con altri uersi & altri numeri
Da l' uso de' moderni assai dissimili.

— — — — — — — — — —

Hor, se grato u' è ognihor ueder si uarie
Mutationi; e renouar effigie
Saria a ciascun di uoi, penso, gratissimo,
S' ei si potesse: spettatori piaccini
Veder *l'Anfitrio trasformato in Mutio.*

Sehen wir nun, wie Dolce, dem als Uebersetzer[1]) und als Lustpieldichter[2]) Bühnengewandtheit nicht fehlte, diese Umgestaltung zu Stande brachte.

I. Akt. Die erste Scene des ersten Aktes klärt uns die Situation. Mutio, der Gatte Virginias, ist nach zehn- oder zwölfmonatlicher Abwesenheit im Kriege mit den Türken mit seinem Diener Nespilo zurückkehrt. Unterdessen hat bereits einige Monate lang Fabritio bei Virginia die Stelle ihres Gatten vertreten. Er sieht dem abwesenden Mutio völlig ähnlich, und sein Diener Roscio gleicht aufs genaueste dem Nespilo, so dass sie niemand unterscheiden kann: (I, 1).

come è simile
Il mio padrone a questo Messer Mutio:
Et io del tutto m' assomiglio a Nespilo.
Non uider mai tutte le età de gli huomini

---

[1]) Vgl. Tiraboschi VII, 1326, und die Notizen oben aus Argelati.
[2]) Tirab. VII, part. III. S. 1301. Più altre (sc. commedie) ne abbiamo... di *Sforza degli Oddi...* del Dolce... Ma a me basta accennarli. — *Allacci* (pag. 448) führt 5 Lustspiele und 18 Tragödien von ihm auf.

Aspetti piu conformi; ne miracolo
Uguale a questo.¹)

Der Diener Roscio hat ihn landen sehen. Nespilo tritt auf, um seiner Herrin die Ankunft ihres Gatten zu melden; vor dem Hause jedoch jagt ihn Roscio mit Schlägen fort und sagt, er sei selber Nespilo, was bei der grossen Aehnlichkeit diesen ganz verwirrt macht. Fabritio nimmt von Virginia Abschied, da er auf des Kaisers Geheiss zu Felde ziehen muss.

II. Akt. Nespilo erzählt seinem Herrn Mutio, dass ein Doppelgänger ihn abhielt seinem Befehle gemäss seiner Gattin die Botschaft zu überbringen. Dieser schenkt seinen Worten keinen Glauben; da tritt Virginia auf klagend über die so schnelle Trennung von ihrem Gatten. Sie erblickt Mutio. Dieser eilt ihr entgegen und begrüsst sie; sie aber versichert ihm, dass er soeben erst von ihr weggegangen sei, sonst ja bei ihr gelebt habe, und dass sie gesegneten Leibes sei, was zu allgemeiner Verwirrung veranlasst.

III. Akt. Fabritio ist zurückgekehrt, um Virginia zu beschwichtigen. Er erzählt ihr, er sei so sehr erregt gewesen, weil hier in Padua sich ein Nekromant aufhalte, dem es möglich sei, sich in alle Gestalten, besonders in jene von Ehemännern, zu verwandeln und die Weiber zu berücken.

---

¹) Dolce findet diese Voraussetzung selbst so unwahrscheinlich, dass er nochmal (III, 2) darauf zurückkömmt:
è tanto simile
Il mio Fabritio a Mutio che fu agenole
A lei condursi del marito in cambio
(Il che pare ad udir cosa impossibile)
E goderla piu mesi in pace e in ocio:
S'aggiunge che'l famiglio di Fabritio
È simile al famiglio di quel Mutio
Per modo tal, che non fe Michel Angelo,
Titian, e Rafael, ch'è tanto celebre,
Ritratto mai, ch'al uino piu assomiglisi,
Di qual, che fan tra lor.

Er geht alsdann mit Virginia ins Haus, Roscio erhält Auftrag zu schliessen und niemand einzulassen. Emilio, der Freund Fabritios, und Celio treffen sich, sprechen über Fabritio, der nun doch, da Mutio zurückgekehrt ist, von Virginia werde lassen müssen.

IV. Akt. Mutio kömmt zu seinem Hause zurück und findet es verriegelt. Roscio wehrt ihm den Eintritt, da Mutio eben gespeist habe und mit Virginia der Ruhe pflege. Indessen Mutio laut klagt, kömmt Nespilo mit Giulio über die Vorgänge im Hause seines Herrn sprechend. Mutio zieht ihn wegen seiner soeben bewiesenen Unart gegen ihn zur Rechenschaft; doch Giulio beweist für den staunenden Diener, dass dieser schon seit einer Stunde bei ihm sei, also hier nicht gewesen sein könne. Auf Mutios weiteres Klopfen treten Fabritio und Roscio aus dem Hause. Giulio eilt ab; denn es ist ihm unmöglich, die rechten beiden zu bestimmen.

V. Akt. Fabritio beklagt dem Emilio gegenüber, dass leider die Stunde gekommen sei, um für immer von Virginia zu scheiden. Wie soll es sich lösen? Emilio erzählt ihm nun, dass Fra Girolamo da Pesaro, ein schlauer Mönch, es auf sich genommen habe, Mutio zu beschwichtigen. Bald tritt auch der Mönch mit Mutio auf. Er berichtet dem staunenden Mutio, dass ein Poltergeist (Spirito Folletico), deren es in der Luft eine Million gebe, seine Stelle vertreten habe; dass sei aber kein Teufel; denn diese könnten kein Weib befruchten:

> Che i Demoni non possono concipere;
> O, per dir meglio ingrauidar le femine:
> Perchè non hanno seme: nè l' altissimo
> Permetteria, che Donna con battesimo
> Ingrauidata fosse dal Dimonio.

Das wollte er ihm, wenn er gelehrte Studien hinter sich hätte, (se hauessi lettere), im Scottus und Lactantius beweisen. Auf

Mutios kritische Frage, ob seine Frau von einem solchen Geiste gesegneten Leibes sei

> Dunque; mia moglie è d' un Folleto granida?

erfährt er die Antwort, sie es sei von ihm, was er zwar gern hätte, aber doch nicht glauben kann.

> F. G. È di te stesso. M. È di me stesso? F. G. Mutio,
> M' intenderai, se m' odi con patientia.
> M. Caro l' haurò: ma mi par impossibile.

Bruder Girolamo erwidert ihm, das komme davon, dass er von Theologie nichts verstehe. Ein solcher Spirito Folleto habe ihn eines Nachts vom Lager nach Padua im Schlafe getragen:

> Cosi avien che tua moglie è di te granida.

Mutio glaubt dies zwar nicht geradezu:

> Padre, lasciamo andar si fatti termini:
> Ch' io non so quel che me ne dica, o credami.

Es lässt sich nicht mehr ändern; so will er wenigstens in sein Haus zurück. Bruder Girolamo nimmt ihm den Eid ab, dass er das Kind seiner Frau anerkennen würde, und so tritt er zum Schlusse anscheinend versöhnt mit seiner Gattin ins Haus ein.

Ohne Zweifel ist dieses Stück **eine schamlose Karrikatur der plautinischen Komödie, die erbärmlichste Entstellung derselben.** Je weiter wir uns eben von dem mythologischen Hintergrunde entfernen, desto sittlich bedenklicher wird der Stoff. Dazu kömmt noch Dolces brutale, derbe Durchführung, so gewandt auch die Sprache sein mag. Ein zufällig dem Gatten aufs Haar gleichender Wüstling, dessen Diener jenem des Gatten nicht minder ähnlich ist, berückt die ehrsame Ehefrau des im Kriege weilenden Kämpfers. Das schnödeste Motiv des ganzen Stückes ist der Umstand, dass der Verführer triumphirt. Den tragischen Schmerz und die innere Folter des unglücklichen Mutio findet Fabritio komisch (III, 3):

> Hai uisto e inteso il tutto; a pena possom!
> Ritener da le risa. O, come arrabbia
> Il pouerin; per certo non fu fauola
> Giamai si bella d'ascoltarsi, o legger
> Quanto parrà a ciascun si fatta historia.

Der Beschwichtigung des bethörten Gatten durch den Namens der Religion handelnden Mönch hört Fabritio mit seinem Freunde Emilio zu, und dieser sagt, als sie vorüber ist, in cynischer Weise (V, 4):

> Hor uedi, come il Bue lasciato ha uolgersi
> Dal santo Padre.

Und nicht minder frech sind die Worte, mit welchen sich Fabritio an die Zuschauer wendet und sie frägt, ob unter ihnen nicht auch welche sind, die ähnliches ruhig dulden:

> Ne ui marauigliate: che *ben trouansi*
> *Molti* tra noi, che tal costume seguono
> Senza noia o disturbo.

Gerade der Umstand, dass die Religion Mutio beschwichtigen soll, dass ein Mönch, so heilig wie Girolamo (V, 1)

> In tutta Padoua
> Non c' è frate piu santo, ne piu pratico
> Ne la scrittura . . .

aber zugleich nicht minder schlau (ibid.)

> e fra Girolamo
> È ghiotto, & ha a le man tutte le astutie,
> Che puote hauere un frate dotto e pratico
> De le cose del mondo.

die Religion benutzt, um einen so unsauberen Knoten zu

lösen, dem getäuschten Ehemann die Hölle androht, falls er anders als versöhnlich handle (V, 2):

> Che in uerità tu ti uedresti misero
> E in uita e dopo morte

dass er ihn schwören lässt und als ächter Jesuit sogar den Fall der reservatio mentalis vorsieht:

> cio dico; perche gli huomini
> Spesse fiate con la bocca giurano,
> Ma il cuor parla altramente,

dass er ihm Geld fürs St. Antoniuskloster abnimmt und ihn den andern Tag zur Beichte citirt, ist das Schändlichste an der ganzen Komödie. Allein Dolce gesteht ja im Prolog zu seinem Ragazzo zur Charakteristik seines Auditoriums, dass, um zu gefallen, „jedes Wort und jede Handlung unanständig sein muss". Er schrieb also mit Berechnung für den Kitzel des Publikums![1])

Man vergegenwärtige sich Mutios schreckliche Lage, seinen wahren Schmerz, die Schilderung, welche (III, 3) Celio von ihm giebt:

> io l' ho ueduto, e uditolo
> Per istrada doler, gridar, distruggersi
> D' hauer trouata la mogliera grauida:
> E uuol saper chi è quel, che con l' imagine
> Sua, come mostra hauere inteso, gli habbia
> Tolto l'honor. Tu sai, como per picciolo
> Sospetto i Padouani amazzar sogliono
> Gli huomini e le mogliere.

---

[1]) Bekannt und öfter citirt (Giung. VI, 293. Ruth II, 509) ist ja Dolces Prolog zu seiner Komödie Il Ragazzo, wo er (Asg. von 1550) S. 4 schliesst. „Ma se forse parrà ad alcuno, che in lei (sc. commedia) si esca alcuna uolta fuore de' termini della honestà, douerete pensare, *che a uoler bene esprimere i costumi d'hoggidi, bisognerebbe, che le parole & gli atti interi fossero lasciuia.*"

wie er selbst daran denkt, sich den Tod zu geben (IV, 3)

> Che tardi piu? che non t' amazzi?

und stelle dagegen den Triumph des sittlich verkommenen Fabritio, so haben wir das Vorbild jener schändlichen Komödie, die später in verschiedenen Ländern Sitte wurde, und deren Witz einzig darin bestund, dass jeder ehrliche Mann dem Gelächter der Zuschauer preisgegeben wurde, jeder Schurke als Sieger von dannen ging.[1]

Auch die Charaktere des Stückes sind nicht ausgeprägt. Dem leichtgläubigen, dummen[2] Mutio, der seine Gattin über Alles liebt[3], dem auch persönlicher Muth nicht in all zu grossem Masse verliehen ist[4], steht die keusche[5], überaus schöne[6] Virginia gegenüber, das unschuldige[7] Spielzeug

---

[1] Ueber die grenzenlose Unsittlichkeit der damaligen italienischen Bühne, siehe bei Ruth II, 505—515.

[2] V, 1.
                  Questo Mutio
È sciocco, & ama la consorte. Facile
Cosa sarà, ch ogni nouella e frottola
Del frate creda come il Credo: massima
Mente, c' ha in lui diuotion plenaria,
Come dimostra hauerla.

[3] Er nennt seine Frau (IV, 1)
Mutio, la moglie tua, la tua Virginia;
Ch' era il tuo bene, il tuo cuor, la tua anima.

[4] III. 4.
                    Mutio,
Ancor ch' ei sia soldato e nato in Padoua
È ... piu sciocco e timido
Che non fu 'l Calandrin di Gian Boccaccio.

[5] I, 4.
                  s' io credessimi,
Signor mio caro, ch' in noi qualche dubbio
Fosse de la mia fe, ch' è chiara e lucida,
Hora io farei quel che gia fe Lucretia.

[6] III, 4. Virginia è bella ...

[7]
                  L' innocentia
Difenda Dio di questa bella giouane:
Che, s' ha meco peccato in adulterio

Fabritios. Ein Anlauf zu etwas Charakterdarstellung ist im ersten Akte in der Figur des furchtsamen [1]) Nespilo gemacht worden, wo dieser über die Fürsten als die Anstifter der Kriege schmäht und seiner Philosophie vom ewigen Frieden Worte verleiht [2]); aber es ist nur ein Anlauf, eine Reminiscenz des vom Kriege heimkehrenden plautinischen Sosia, der über Herren und Knechte philosophirt. Hat nun Dolce so das Stück wesentlich geändert und aus dem mythologischen Faktum der plautinischen Komödie ein abscheuliches Gemälde sittlicher Verkommenheit gemacht [3]), so sind doch der Anklänge an Plautus zu viele, um einen kurzen Vergleich mit dem Originale gänzlich abzuweisen. Insbesondere die ersteren Akte sind, wie schon die Inhaltsangabe zeigt, auf Plautus aufgebaut, oft mit wörtlicher Benutzung des Originales. So z. B. Merkurs Bramarbasiren.

V. 302. Agite pugni: iam diust quom uentri uictum non datis
Iam pridem uidetur factum, heri quod homines quattuor
In soporem conlocastis nudos.

   Col corpo suo, non peccò gia con l' animo,
   Giacer credendo col marito proprio.
[1]) I, 2. Non è huom piu timido
   Di questo sciocco.
[2]) I, 2. Maledette sian l' armi, i Duchi, e i Prencipi,
   Che' l mondo spesso sottosopra uolgono.
   O che uiuer saria dolce e pacifico,
   Se ognun si stesse nel suo stato a godersi
   Cio che possede; e non cercasse togliere
   Quel, che è d' altrui, spingendo a morte gli huomini.
[3]) Vgl. Ginguenés Urtheil über die Komödie VI, 291. „L'exacte ressemblance de Jupiter avec l'époux d'Alcmène, et de Mercure avec Sosie, étant l'effet d'un pouvoir surnaturel, est mythologiquement vraisemblable: celle de deux bourgeois italiens et de leurs deux valets, si entière que toute une ville s'y méprend, et qu'une femme honnête, mais sensible, y est trompée de jour et de nuit, *est hors de toute ressemblance*."

I, 2.	O pugna mie durissime Piu che diamante; perche state a cintola? Parui egli si gran tempo che a quattr' huomini La terza notte uoi faceste correre La ceruella in sugli ochi?
V. 306.	Quattuor uiros sopori se dedisse hic autumat: Metuo ne numerum augeam illum.
I, 2.	Ei dice, ch' a quattr' huomini Ha spezzato la testa. Io resto in dubbio Che me non faccia il quinto, e accresca il numero.
V. 343.	M. Seruosne es an liber? S. Utquomque animo conlubitumst meo.
I, 2.	Io son quello che mi piace d' essere. . . . Sei famiglio o huomo libero?
V. 389.	M. Immo indutiae paramper fiant, siquid uis loqui. S. Non loquar nisi pace facta. M. Dic siquid uis: non nocebo. S. Tuae fide credo? M. Meae.
I, 2.	R. Tregua facciasi Fin che tu parli. N. Pace io chieggio, domine, Altrimenti io non parlo. R. Parla che licentia Ti do di dir, senza ch' io t' habbia a offendere. N. Io credo a la tua fede. R. Le poi credere.
V. 394.	Amphitruonis ego sum seruos Sosia.
I, 2.	Nespilo io sono, e seruitor di Mutio.
V. 402.	Hic homo sanus non est.
I, 2.	Infine, tu sei pazzo.
V. 403.	S. quod mihi praedicas uitium, id tibist. Quid, malum, non sum ego seruos Amphitruonis Sosia? Nonne hac noctu nostra nauis huc ex porta Persico Venit . . . Nonne ego nunc sto ante aedis nostras? Non loquor . . . Quid igitur ego dubito? aut quor non intro-eo in nostram domum?

V. 411. M. Omnia ementitu's: equidem sum Amphitruonis Sosia.
u. s. w.

I, 2. N. Questo uitio
È tuo. Hor non son' io seruo di Mutio?
Non son uenuto io seco di Vinegia? non è
Questa la casa nostra?...
... io pur parlo ...
... perche rimango adunque e dubito
D' entrar in casa?
R. .. Non pensar d'entraruici,
Ch' ella è mia casa: mio padrone è Mutio:
Io Nespilo suo seruo ...

So der Beginn des zweiten Aktes:

V. 551. Am. Age i tu secundum. Sos. Sequor, subsequor te.
Am. Scelestissumum te arbitror. Sos. Nam quamobrem?
Am. Quia id quod neque est, neque fuit, neque futurumst
Mihi praedicas . . . .
Am . . . . iam quidem hercle ego tibi istam
Scelestam, scelus, linguam, apscidam. Sos. Tuus sum
Proinde ut commodumst et lubet, quicque facias.
Tamen quin loquar haec uti facta sunt hic,
Nunquam ullo modo me potes deterrere.
Am. Scelestissume, audes mihi praedicare id,
Domi te esse nunc, qui hic ades. Sos. uera dico u. s. w.

II, 1 Mut. Camina pur. N. Camino. M. Temerario!
N. Perche mi dite temerario? M. Bestia,
Ardisci tu di raccontarmi fauole
Mai non piu intese al mondo & impossibili?
M. . . . . se tu non taci, Asino, canoti
Quella linguaccia. N. Uoi padron potetemi
Amazzar, se uolete: ma il contrario
Non dirò mai s' ho detto il uer. M. Tristissimo,
Ancor uai replicando; e affermi d'essere
Ne la mia casa: e tuttauolta ueggoti
Su questa strada innanzi gli occhi proprii?
N. S' io dico uer . . .

Ganz ähnlich ist auch Virginias Monolog (II, 2) dem der Alcumena. (V. 633):

> Satin parua res est uoluptatum in uita atque in aetate agunda
> Praequam quod molestumst . . .
> Nam ego id nunc experior domo atque ipsa de me scio . . .
>
> Certo tutti i diletti, che si godono
> Nel mondo, a paragon de le molestie
> Si ponno addimandar pochi e breuissimi.
> In me ueggo l' esempio, e sento, e prouolo . . .

Alcumena glaubt, als sie ihren Gatten wieder erblickt, er wolle ihre Liebe prüfen. (V. 661):

> An ille me temptat sciens
> Atque id se uolt experiri, suum abitum ut desiderem?

ebenso Virginia. (II, 2):

> Forse uole ispiar, s' io mi ramarico
> De la partita sua.

Solcher Reminiscenzen ergeben sich im Stücke noch viele z. B. (V. 1031):

> Mc. Prodigum te fuisse oportet olim in adulescentia.
> Am. Quidum? Mc. Quia senecta in aetate a me mendicas malum.
>
> Io uoglio creder che sii stato prodigo
> Quand' eri giouanetto: c' hor limosina
> Cerchi da me di pugna e calci.

Sie zeigen, wie sehr Dolce sein Original stets vor Augen schwebte; was zugleich den Unterschied jener so oft gerühmten klassischen Unbefangenheit gegenüber jenem beabsichtigten Kitzel späterer Zeiten — Natur und Raffinirtheit — in ihren Gegensätzen deutlich zu erkennen giebt.

Die ungeheuere Vorliebe für Plautus erlosch in Italien im sechszehnten Jahrhunderte nicht. Ariost ahmt in seinen Suppositi die Captivi des Plautus[1] (und den Eunuchus des Terenz) nach, die Clizia des Machiavell ist des Plautus[2] Casina, Giammaria Cecchi in seiner La Dote ver-

---

[1] Ginguené VI, pag. 195 ff. Ruth II, 523. 524.
[2] Ibid. VI, 238.

setzt den **Trinummus** einfach nach Florenz[1]) und holt aus den **Menaechmi** den Stoff zu «la Moglie»,[2]) seine **Incantesimi** sind die **Cistellaria**,[3]) die **Stiava** der **Mercator**,[4]) **Ercole Bentivoglio** († 1572) macht aus der **Mostellaria** sein Lustspiel **Il fantasma**,[5]) **Giambattista Gelli** schreibt l'**Errore** nach der **Casina** und **La sporta** (Korb) nach der **Aulularia**,[6]) **Trissino** nach den **Menaechmi** seine **Simillimi**[7]) — alles nach Plautus, den man oft einfach übertrug.[8])

Wieder auf den **Amphitruo**, doch in gar eigenthümlicher Form griff **Luigi Groto Cieco di Hadria** zurück in seinem Pastoraldrama **La Calisto**,[9]) einem höchst lasciven Werke, das seit 1561 gespielt und in umgearbeiteter Gestalt am 24. Februar 1582 aufgeführt wurde. Die Grundidee ist aus Ovid (Metamorph. II. 400 sqq.), jedoch die Inscenirung nach dem Amphitruo. Juppiter, brennend von Liebe zu Kallistho nimmt die Gestalt Dianas an, Mercurius jene der Isse, jener Nymphe, welche Diana nach Kallistho am meisten liebt. Mercurius hat zu wachen, damit die Dazwischenkunft Dianas oder Junos Juppiter nicht überrasche, Mercurius benutzt gleichfalls seine Maske, um die Nymphe **Seluaggia** zu gewinnen. Es folgen alsdann dieselben Verwechslungen

---

[1]) Ibid. VI, 273. Ruth II, 583 (auch in Frankreich von Destonches nachgeahmt, und in Lessings „Schatz").
[2]) Ibid. VI, 275. Ruth II, 583.
[3]) Ibid. VI, 276. Ruth, ib.
[4]) Ibid. VI, 277. Ruth, ib.
[5]) Ibid. VI, 294. Ruth II, 587.
[6]) Ibid. VI, 304. Ruth II, 583, 84.
[7]) Ibid. VI, 306. Ruth III, 588.
[8]) Ibid. VI, 312. Les anciens étaient allors l'objet d'une étude assidue et d'une imitation constante. ... On copia Plaute et Térence. ...
[9]) La Calisto, noua fauola pastorale di Luigi Groto Cieco di Hadria. Nouamente stampata. In Venetia (appresso Fabio e Agostin Zoppini fratelli 1583).

wie im Amphitruo und Missverständnisse aller Art, da Apollo als Schäfer der Nymphe Isse seine Gefühle ausdrücken will und bald diese bald Mercurius in ihrer Gestalt vor sich hat. Endlich entdecken sich die drei Götter vor einander, und das Schäferspiel endet zu aller Zufriedenheit. Die Nymphen können zwar nicht mehr als solche Dianen dienen, sondern sie erhalten jede einen ihrer früheren Verehrer (Siluio und Gemulo), die trotz dessen was vorherging, überglücklich sind, ähnlich dem Amphitruo, der mit dem Gotte sich theilte.[1]
An Eigenthümlichkeiten ist hier allerlei zusammengetragen. Die Scene ist «in Parrasia, che si chiamò poi Arcadia». Schon der Prolog weist auf Plautus hin:

> Qui parleran gli Dei, *come già in Plauto*.

Am Schlusse des ersten Aktes singen die drei Grazien, am Schlusse des zweiten vier Schwäne, am Schlusse des dritten alle Bäume, am Schlusse des vierten die Wolken. Am Ende (V. 3) löst Juppiter gewaltsam die Verwicklung, wie im Amphitruo:

> Horsù Diana per trarti di dubbio,
> *Io son Gioue tuo padre, & è Mercurio*
> *Questi* . . . .
> La cagion del uenir nostro in Parrasia
> Fu l'amor verso due de le tue uergini,
> Ver Calisto, e Seluaggia. A queste pouere
> Ninfe ingannate dal uiso, e da l' habito,
> Indi da noi con forte uiolentia
> Sforzate, da perdon. Verso lor placati,
> Poich' elle non ne han colpa, anzi ramarico.

Aehnlich ist seine Favola pastorale «Il Pentimento Amoroso» (gespielt 1575, Asg. 1585). — Ausserdem schrieb er Tragödien La Hadriana (Asg. 1583), La Dalida (Asg. 1583) und Lustspiele La Emilia (gespielt 1. März 1579, Asg. 1583);

---

[1] Ginguené VI, 363. Ruth II, 615.

Il thesoro (Asg. 1583), in dessen Vorrede an Alfonso de Este er des Plautus Aulularia gedenkt. Allacci nennt acht Stücke von ihm.

So gaben die Stücke des Plautus lange den Italienern eine unversiegbare Quelle. Eine spätere Bearbeitung des Amphitruo von Pariati erwähnt Vapereau.[1]) Es ist dies wohl nur ein Operntext, wie seine übrigen «tragicommedie per musica».

Auch in Frankreich fehlte es an Plautusimitationen nicht. Der Amphitruo war seit dem Jahre 1500 durch die Uebersetzung von J. Meschinot in seinen Poésies diverses (Brug. 1500) bekannt. Im Jahre 1636[2]) erschien die erste Bearbeitung des Amphitruo für die französische Bühne von Jean Rotrou (geb. den 19. August 1609, gest. 1650) unter dem Titel «Les Sosies». Rotrou hat sich mehrfach mit Plautus beschäftigt und auch die Menaechmi und die Captivi (1638) bearbeitet. Besonders rühmend erwähnt Rotrou als sein Vorbild[3]) den Italiener Sforza d'Oddi — Sforza degli Oddi[4])

---

[1]) Vapereau, dictionnaire universel des littératures, Tom. I. pag. 83. „Amphitryon, comédie de Plaute, imitée sous le même titre par Molière, Dryden et Pariati. Es ist der bei G. Maffei Storia della letteratura italiana (Milano 1825) III, 163 genannte „Pietro Pariati, poeta di mediocrissimo merito". Er war einer der Gelegenheitsdichter am kaiserlichen Hofe zu Wien, wo sein „Creso" (1723), und München, wo seine „La pubblica felicità" (1722) erschien. Der *Amphitruo* war mir nicht zugänglich.

[2]) Nach der Ausgabe Paris 1820 (Th. Desoer) III, 352—456; nach andern 1638 mit dem Titel: les *deux* Sosies. So bei Moland V, 9.

[3]) Vgl. M. Guizot, Corneille et son temps. Étude littéraire. Paris (Didier 1873) pag. 381. „Les poètes dramatiques de l'antiquité étaient traduits et Sforza d'Oddi, auteur italien, dont Rotrou a imité une comédie (la Clarice) et qu'il vante pour ses imitations de Plaute (voyez la préface de Clarice) *pourrait bien l'avoir aidé dans celles des Sosies et des Ménèchmes.*

[4]) Ginguené VI, pag. 305. 309. Ruth II, 595. — Allacci führt (pag. 484) drei Komödien von ihm an.

aus Perugia († 1610), den er in der Clarice (1641) nachahmte, worüber er in der Vorrede zu diesem Stücke spricht.[1]) In der Reihe der Scenen, im Dialoge, kurz durchweg folgt Rotrou wörtlich dem Plautus, nur einige Zuthaten sind von ihm, so der etwas steife Prolog der Juno, in welchem sie ihrer glühenden Eifersucht Luft macht und ihrem Gatten in Herkules einen gefährlichen Nebenbuhler prophezeit.

Lui-même contre lui servira ma colère.

Der erste Akt stimmt Scene für Scene mit dem Originale überein. Mercurius hält vor dem Hause als Sosia in der dreifach langen Nacht Wache und jagt den Sosia verwirrt von dannen. Juppiter scheidet von Alkmene. Ebenso ist der zweite Akt übereinstimmend mit Plautus; die Thessala ancilla heisst hier Céphalie. In den dritten Akt ist als sechste Scene ein Gespräch Merkurs mit Céphalie eingeflochten. Der vierte Akt führt zum Streite Amphitryons mit Merkur. Sosia kömmt mit dem Hauptleuten, die er auf Juppiters Geheiss zum Mahle geladen hat. Er behauptet Amphitryon gegenüber, der ihn zur Rede stellt, dass er ja so befohlen habe, worüber dieser in heftigen Zorn geräth. Unterdessen tritt Juppiter aus dem Hause und begrüsst die Hauptleute. Beide Amphitryone stehen sich gegenüber und berichten in sehr gelungenen Erzählungen von ihren Heldenthaten (IV, 4). Die Hauptleute vermögen nicht, den richtigen zu unterscheiden, sie folgen aber Juppiter, der sie zur Tafel lüdt, der erste meint (IV, 4):

[1]) Die von Guizot angeführte Stelle in der Vorrede (Au lecteur) zur Clarice (IV, 343) lautet: Je ferois tort à l'auteur Italien Sforza d'Oddi, si je dérobois à sa réputation la gloire de cet ouvrage. Je n'en suis que le traducteur, non plus que des pièces de Plaute que ce docte homme a parfaitement imitées. Es folgt nun ein langes Lob des Plautus. Später (S. 344) nennt er Sforza dogli Oddi nochmal „un des plus rares esprits d'Italie". — Dass auch der Stoff von Rotrous Komödie La soeur (1645) von Sforza degli Oddi sei, wird (in der Notice historique et littéraire sur la soeur IV. 642) in Frage gestellt.

> L'avis où je m'arrête
> Est de suivre celui chez qui la table est prête.

und der zweite:

> Point, point d'Amphitryon où l'on ne dine point.

Amphitryon wird aus seinem Hause hinausgesperrt. Im fünften Akte prügelt Merkur den Sosia aus dem Hause, weil er sich in die Küche gewagt hatte. Diese schmähliche Behandlung veranlasst ihn, sich in einem längeren Monologe für seinen Herrn, den wirklichen Amphitryon, zu entscheiden. Mit dem heroischen Entschlusse (V, 1):

> Cherchons le malheureux et suivons sa fortune;
> Compagnon de son sort partageons son souci;
> S'il périt, périssons; s'il vit, vivons aussi

geht er ihn zu suchen. Juppiter nimmt von Alkmene Abschied, um zum Könige Kreon zu gehen. Er sagt ahnungsvoll seiner Gattin, ihr künftiger Sohn könnte einmal für einen Sohn Juppiters gelten (V. 2):

> Adieu, conserve-toi pour ce fruit précieux
> Qui va naitre à la terre à la honte des cieux,
> Et dont j'osois prédire et non sans connoissance,
> Que Jupin sera cru l'auteur de sa naissance.

Indessen die drei zurückgebliebenen Hauptleute über das Wunder der beiden Amphitryone sprechen, naht Amphitryon mit Sosia und den Wachen des Königs Kreon, um gewaltsam in sein Haus zu dringen. Ein mächtiger Donnerschlag wirft die Eindringenden zu Boden. Céphalie tritt aus dem Hause und berichtet die schmerzlose Geburt zweier Knaben. Unter neuem Donner öffnet sich der Himmel, Juppiter klärt alles auf. Amphitryon, der Anfangs noch wenig erfreut ist und (V, 5) äusserte:

> „Je plaindrois mon honneur d'un affront glorieux,
> D'avoir eu pour rival le monarque des Dieux!

> Ma couche est partagée, Alcmène est infidèle,
> Mais l'affront en est doux, et la honte en est belle.
> L'outrage est obligeant; le rang du suborneur
> Avecque mon injure accorde mon honneur."

fügt sich, trotz des bedenklichen Wortes (V, 6):

> Alcmène . . .
> Peut entre ses honneurs conter un *adultère*;
> *Son crime* la relève, il accroit son renom . . .

wozu adultère und crime spitzig genug klingen; auch der erste Hauptmann sagt ihm:

> Vous partagez des biens avecque Jupiter

nur Sosia meint, wohl im Einklang mit dem Zuschauer:

> Cet honneur, ce me semble, est un *triste avantage:*
> On appelle cela lui sucrer le breuvage.

Wie schon der Inhalt zeigt, hat Rotrou den Plautus **vollständig** copirt; man könnte den französischen und lateinischen Text neben einander stellen; der erstere ist eine poetische Uebertragung des Originals. Selten dass er eine etwas zu derbe Stelle des Urtextes (z. B. 666 ff.) unterdrückt oder einige Worte des Dialoges halber einflickt; stets schliesst er sich aufs engste an Plautus an, selbst in minder leicht verständlichen Ausdrücken wie z. B. (I, 3):

> Toi qui portes *Vulcain* en cette corne esclave . . .

nach V. 341:

> Tu qui *Volcanum* in cornu conclusum geris

mit Hinweis auf die Hornlampe, welche Sosia trägt.[1]

---

[1] Diese Hornlampe gehörte zu den unentbehrlichen Requisiten der Amphitryonaufführungen. In der Bibliothèque nationale zu Paris findet sich (Man. fl. 24, 330) ein Register mit dem Titel: Mémoire de plusieurs décorations qui servent aux pièces contenues en ce présent livre, commencé

Freier waltet Rotrou da, wo die Lücke des Originales ihm das Recht zu selbständiger Arbeit gab, in den einleitenden Worten der Juno, und wo er einige Zwischenreden Merkurs, wie die Einführung in der ersten Scene, die vierte Scene des ersten Aktes u. a. m. wesentlich zusammen zog und aus den erläuternden Prologen des plautinischen Merkur zum grossen Theile bühnengerechte Monologe machte. So ist es Rotrou gelungen ein ganz vortreffliches modernes Bühnenstück zu schaffen.

Amphitryon hielt sich auf der Bühne und vornehmlich als Ballet. Im Jahre 1650 kurze Zeit vor seinem Tode[1]) setzte Rotrou selbst ein grossartiges Maschinenstück «La Naissance d'Hercule» in Scene, dessen Beschreibung sich bei René Baudry[2]) findet, und in welchem dem Originale zuwider einige Erweiterungen der Handlung vorkommen. Im vierten Akt macht Juno Lärm unter den Unsterblichen, und im fünften kommen statt der mythologischen zwei Schlangen ein ganzer Schwarm gegen das Kind Herkules, dem Juppiter seinen Adler zu Hülfe schickt, welcher die Schlangen vernichtet. Man sieht die Absicht, Maschinen zu verwenden.

Am 23. Februar 1653 wurde das grossartige «Ballet de la Nuit» von Benserade,[3]) in Scene gesetzt von Torelli,

---

par Laurent Mahelot e continué par Michel Laurent en l'année 1673. Dort finden sich als Requisiten zu (Mollières) Amphitryon: „Amphitryon. Le théâtre est une place de ville. Il faut un balcon, dessous une porte; pour le prologue, une machine pour Mercure, un char pour la Nuit. Au troisième acte, Mercure s'en retourne, et Jupiter sur son char. *Il faut une lanterne sourde*, une batte." S. Despois, Le théâtre français sous Louis XIV. (Paris 1874) pag. 414.

[1]) Guizot (Corneille et son temps), pag. 373. On a aussi le dessein du poème de la grande pièce des machines de la „Naissance d'Hercule" dernier ouvrage de M. Rotrou, représenté sur le théâtre du Marais et imprimé en 1649. C'est probablement un ballet d'Amphitryon.

[2]) Moland, V, 9.
[3]) Moland, V, 10. 11.

vor dem Hofe aufgeführt. In diesem findet sich die Pantomime (comédie muette) des «Amphitryon» als sechste entrée der zweiten veille.

Die Pantomime hat vier Akte. Der erste behandelt den Abschied des Amphitryon, der mit seinem Diener Sosia abreist. Der zweite Akt erinnert vollständig an Camões. Hier klagt Juppiter dem Merkur seine Liebe zu Alkmene und erhält von ihm den Rath, sich in Amphitryons Gestalt zu verwandeln. Alles übrige ist nach Plautus gearbeitet. Verwicklung und Lösung ist in den vierten Akt gelegt.

Die, wie es scheint, gerne gesehenen «deux Sosies» des Rotrou hat Molière (1622—1693) von der Bühne verdrängt, der am 13. Januar 1668 seine Neubearbeitung unter dem Titel Amphitryon brachte, welche neunundzwanzigmal nach einander mit dem grössten Beifalle aufgeführt würde.[1]) Ueber das Verhältniss Molières zu Plautus kann man sich kürzer fassen, da es vielfach schon Gegenstand der Erörterung geworden ist[2]).

Das Lustspiel umfasst drei Akte. Mercure und die Nacht führen den Zuschauer in die Situation ein. Sosia tritt auf, um seiner Herrin Alcmène Kunde von ihrem Gatten zu bringen. Mercure entfernt ihn mit Schlägen. Juppiter nimmt von Alcmène Abschied. Den Schluss des Aktes bildet die Begegnung Mercures mit Cléanthis, einer Gesellschafterin Alcmènes, welche an Sosia verheirathet ist. Sie hält Mercure für ihren Gatten und ist stark erzürnt über seine Kälte.

Mit dem Beginne des zweiten Aktes erzählt Sosia seinem Herrn Amphitryon, was er erlebte. Dieser ist zornig über den Bericht. Indessen er ihn schilt, naht Alcmène. Sie können sich nicht verständigen und scheiden aufgebracht von einander. Dieselbe gelungene Scene wiederholt sich zwischen

---

[1]) Moland, V, 16.
[2]) Vgl. z. B. die plautinischen Lustspiele im Trimeter übersetzt von K. M. Rapp. (Stuttgart 1844.) VI, pag. 810—816.

Sosie und Cléanthis, welche ihrem Manne in derselben Weise sein Benehmen von vorhin und den kalten Gruss bei seiner Ankunft vorwirft. Juppiter naht, um Alcmène zu versöhnen, was ihm gelingt. Weniger Erfolg hat Cléanthis bei Sosia, der sich nicht beschwichtigen lässt (II, 7):

<blockquote>Je veux être à mon tour en colère</blockquote>

ruft er aus. Im dritten Akte hält Mercure den Amphitryon in grober Weise von seinem Hause ab, indem er ihm wiederholt, Amphitryon sei bereits drinnen bei Alcmène. Unterdessen hat Sosia auf Juppiters Befehl die Offiziere des Heeres eingeladen, von denen zwei — Naucratès und Polidas — eben recht kommen, um Sosia vor dem gegen ihn wüthenden Amphitryon zu schützen. Juppiter tritt aus dem Hause und steht so dem Amphitryon gegenüber. Die Offiziere gehen mit Juppiter zur Tafel, Amphitryon eilt ab, um seine Freunde zu versammeln. Eine Scene zwischen Mercure und Sosia giebt ihm hierzu Gelegenheit. Er kömmt alsbald mit Offizieren des Heeres — Argatiphontidas und Pausiclès — zurück. Cléanthis, die aus dem Hause kömmt, sieht zu ihrem Entsetzen Amphitryon, den sie eben drinnen sah. Endlich giebt sich Mercure zu erkennen, worauf auch Juppiter auftritt und die Geburt eines Hercule verspricht.

Die Worte, die Juppiter gebraucht (III, 11):

<blockquote>
Un partage avec Jupiter
N'a rien qui deshonore;
Et, sans doute, il ne peut être que glorieux
De se voir le rival du souverain des dieux
</blockquote>

sind eigentlich dasselbe, was Mercure dem Sosia als Trost für seine ausgestandenen Prügel sagt (III, 10):

<blockquote>
Et les coups de bâton d'un dieu
Font honneur à qui les endure.
</blockquote>

Der ganze Vorgang verdient die witzige Bemerkung des

Sosia, die sprüchwörtlich geworden ist und bei fast allen Zeitgenossen wiederkehrt:

> Le seigneur Jupiter sait dorer la pilule

und sein Schlusswort:

> Sur telles affaires, toujours
> Le meilleur est de ne rien dire.

Hat Molière auch das Sujet des Plautus benützt, so hat er doch etwas vollständig Modernes geschaffen. Vielfach hat man in Juppiter den König Ludwig XIV., in Alcmène die Madame de Montespan und in Amphitryon ihren Gatten sehen wollen [1]), wogegen allerdings die letzte Scene zu sprechen scheint. [2])

Bei dieser Modernisirung des alten Stoffes ist Molière mit aller Feinheit und Bühnenkenntniss zu Werke gegangen. Sein Juppiter ist der galante, feine Franzose, der Mann seines Zeitalters, so zwar, dass er sich den Tod geben wollte, gelänge es ihm nicht, Alcmène zu versöhnen (II. 6):

> Hé bien! puisque vous le voulez,
> Il faut donc me charger du crime.
>
> — — — — — — —
>
> S'il n'est point de pardon, que je doive espérer,
> Cette épée aussitôt, par un coup favorable,
> Va percer à vos yeux le coeur d'un misérable.

Einige Zwischenreden des plautinischen Merkur mussten gekürzt werden, andere Scenen erforderten eine Erweiterung; an Stelle des Bechers des Pterelas erscheinen hier

> Cinq fort gros diamants en noeud proprement mis,
> Dont leur chef se paroit, comme d'un rare ouvrage.

---

[1]) Roederer, Mémoires pour servir à l'histoire de la société polie en France, 1835. — Moland, Bd. I, pag. 202.
[2]) Moland, V, 123. Anmerk. 1.

(I, 2. II, 1). Jedenfalls die glücklichste Idee Molières war es, auch dem Sosia in Cléanthis eine Frau zu geben, ein Punkt, um welchen auch Shakespeare in seiner «Comedy of Errors» die Monaechmi des Plautus erweiterte. Zweifelhaft mag es allerdings bleiben, ob, wie Rapp[1]) und Auger vermuthen,[2]) hiezu der Vers des Plautus:

> Quid? me exspectatum non rere amicae venturum meae?

dem Dichter Veranlassung gab. Sollte einem so bühnengewandten Lustspieldichter wie Molière nicht vor Augen geschwebt haben, wie drastisch das Verhältniss des Dieners Sosia zu seinem Weibe sich von dem des Herrn abheben würde? Besonders wo so hübsche Gegensätze wie die feurige Cléanthis und der kalte Sosia den liebesglühenden Gatten Amphitryon und Alcmène sich gegenüberstunden.

Zur Klage der Cléanthis über Sosia (II, 3):

> Enfin ma flamme eut beau s'emanciper,
> Sa chaste ardeur en toi ne trouva rien que glace;
> Et dans un tel retour, je te vis la tromper
> Jusqu'à faire refus de prendre au lit la place
> Que les lois de l'hymen t'obligent d'occuper.

(und ähnlich I, 4) passt der feurige Juppiter, und die Versöhnung Juppiters und Alcmènes (II, 6), die Folge leidenschaftlicher Liebe, hat ihr Gegenbild bereits in der nächsten Scene (II, 7) an dem Trotze des Sosia.

Ebensowenig wie Rotrou konnte Molière nach den Erfordernissen seiner Bühne einiges auf die Bühne bringen. Eine «Alcumena satura» (V. 666) entsprach den ästhetischen Anforderungen jener Tage nicht mehr.

> L'hymen ne les a joints que depuis quelques jours

---

[1]) Rapp, VI, S. 812.
[2]) Moland, V, 57.

erzählt Mercure im Prologe der Nacht; und da es galt:

> sans cesse
> Garder le decorum de la divinité,

wie die Nacht meint, so durfte die Handlung an sich keinen Anstoss geben. Molière hat mit Plautus und Rotrou frei geschaltet. Die wörtlich aus Plautus entnommenen Reden sind sehr wenige, wie z. B.

V. 388. S. Opsecro ut per pacem liceat te adloqui, ut ne vapulem.
M. Immo indutiae paramper fiant.
(I, 2) S. Mais promets-moi, de grâce,
Que les coups n'en seront point.
Signons une trêve.
M. Va, je t'accorde ce point.

die bekannte Scene mit dem Weine mit der Aeusserung:

V. 431. Mira sunt nisi latuit intus illic in illac hirnea.
(I, 2) Et l'on n'y peut dire rien,
S'il n'étoit dans la bouteille

oder

V. 603. Prius multo ante aedis stabam, quam illo adveneram.
(I, 2) J'étois venu, je vous jure,
Avant que je fusse arrivé

und dergleichen.

Dagegen dankt Molière seinem Vorgänger Rotrou fast den ganzen Aufbau und die Scenerie, ja sogar den Dialog des Stückes. Der Herausgeber Rotrous (1820) vermuthet sogar, Molière habe seinen Amphitryon in freiem Metrum geschrieben, um sich des Vorwurfes des Plagiates zu erwehren.[1]

---

[1] Oeuvres de Jean Rotrou, III. 357: Ces imitations seroient encore plus remarquables, si la pièce de Molière eût été écrite en grands vers comme celle de Rotrou. Peut-être même Molière n'a-t-il écrit son Amphitryon en vers libres qu'afin de pouvoir s'emparer plus facilement des idées de son prédécesseur sans se faire accuser de plagiat.

Es ist in der That viel von Rotrou benützt, und besonders witzige Worte hat Molière passend verworthet.[1]

Allons, mais que les coups, s'il se peut, n'en soient plus

meint Sosia (II. 1.)

[1] Guizot (Corneille et son temps) pag. 381. On a beaucoup parlé de ce que l'Amphitryon de Molière avait dû aux Sosies de Rotrou, mais sans faire attention, que les principaux traits de la ressemblance qu'on aperçoit entre les deux ouvrages se trouvent également dans l'original de Plaute. Ce que Molière a pu emprunter à Rotrou, ou, comme lui, à quelque auteur plus moderne, se borne à deux ou trois vers[*]) et à l'idée de la scène où Mercure chasse de la maison Sosie, qui s'est introduit pour diner. Dans le reste de la pièce, Rotrou suit pas à pas le poète latin, en elaguant quelques détails sans interêt pour nous et en rendant d'une manière assez plaisante, ceux qui peuvent nous convenir; mais il ne se les approprie point, comme Molière, par ce tour de plaisanterie vif et naturel, et par ces heureuses additions qui font d'Amphitryon un ouvrage original qu'on ne peut disputer à la scène française; Rotrou s'est contenté de traduire, avec assez de goût, ce que Molière a depuis imité avec génie.

*) Tels que celui-ci:
Si l'on mangeoit des yeux, il m'auroit devoré (Les Sosies IV, 2.)
Si des regards on pouvoit mordre,
Il m'auroit déjà devoré. (Amphitryon III, 2.)
et celui-ci que Rotrou met dans la bouche de l'un des capitaines invités par Jupiter, au nom d'Amphitryon:
Point, point d'Amphitryon où l'on ne dine point (Les Sosies IV, 4.)
c'est qui est beaucoup plus convenablement dans la bouche de Sosie:
Le véritable Amphitryon
Est l'Amphitryon où l'on dine. (Amph. III, 5.)
La réflexion du Sosie de. Molière:
Le seigneur Jupiter sait dorer la pilule (III, 11.)
est encore imitée de celle-ci du Sosie de Rotrou, qui ne l'a point trouvée dans Plaute:
On appelle cela lui sucrer le breuvage. (Sosies V, 6.)
Vgl. auch Moland, V, 26. 38. 118. —

> Point, point d'Amphitryon où l'on ne dine point

ist die Entscheidung des Hauptmanns (IV, 4)

> On appelle cela lui sucrer le breuvage (V, 6)

was wiederkehrt bei Molière:

> Mais promets-moi, de grâce,
> Que les corps n'en seront point (I, 2).
> Le véritable Amphitryon
> Est l'Amphitryon où l'on dine (III, 5.)
> Le seigneur Jupiter sait dorer la pilule (III, 11.)

Die ausserordentlichen Vorzüge des Molièreschen Amphitryon haben ihn bis auf den heutigen Tag der Bühne erhalten. Die Versifikation Molières in diesem Stücke ist ein Meisterwerk ohne Gleichen [1]; die Zeitgenossen sahen im Amphitryon eine hervorragende Bühnenleistung [2]; bald folgten Uebersetzungen desselben in fremde Sprachen [3].

---

[1] A. Vinet, Poètes du siècle de Louis XIV. (Paris 1861) nennt (pag. 387) den Amphitryon Molières „une merveille sous le rapport de la versification."

[2] de Visé, ein Freund des Thomas Corneille, rühmt von seinem „Bacchus et Ariadne" „d'avoir su joindre le comique au sérieux: ce qu'il n'etait vu que dans Amphitryon." M. Hippol. Lucas, Histoire philosophique et littéraire du théâtre français. (Paris 1862.)

[3] Dr. Heinr. Schweizer, „Molière und seine Bühne" I. Heft. (Lpz., Thomas 1879). pag. XXXV. „Den Ruhm, zuerst die einzelnen Stücke übersetzt zu haben, theilen wir allerdings mit den Holländern. Von 1670 datirt auch ihre Uebersetzung des Amphitryon von Abr. Peys, der auch den Corneille und den Rotrou übersetzt hat." — Die Holländer scheinen indessen den Amphitruo nie imitirt zu haben. W. J. A. Jonckbloet (Geschichte der niederländischen Litteratur; deutsche Ausgabe von W. Berg. 2 Bd. Lpz. Vogel 1870. 1872) führt nur Hoofts (1581—1647) Bearbeitung der Aulularia des Plautus (Warenaer) (II, 19, 131) aus dem Jahre 1616 an, welche durch Gerbrand Adriaanse Brederoos (1585 geb.) Nachahmung des Eunuchus des Terenz (Moortje 1615) hervorgerufen wurde. Jonckbloet zeigt indessen (II, 133 ff.), warum diese lateinischen Komödien den Niederländern nicht anstunden.

Die Frage, ob Plautus, ob Molière Bedeutenderes geleistet habe [1]), hat viele beschäftigt. Madame Dacier und nach dem Zeugnisse des Monchesnay auch Boileau [2]) traten für Plautus ein, Bayle und Auger für Molière. Treffend bemerkt J. Naudet, der Uebersetzer des Plautus, über die beiden Lustspiele: «Ce sont deux spectacles tout divers sur un seul fond comique. Les deux auteurs ont bien fait, chacun pour le goût de son temps et de son pays.» [3])

Bei Plautus steht oben an die religiöse Mythe; er glänzt durch mehr, wenn auch derberen Witz. Molière hat ein treffliches Intriguenstück geschaffen, wenn auch der Schluss vielfach seltsam berührt. Ohne dem Originale etwas zu entziehen, ohne irgend welche einschneidende Aenderung schuf Molière eine feine Komödie, deren Stoff nur unter der Hand eines solchen Meisters so biegsam und geschmeidig werden konnte.

Erhielt sich Amphitryon so als Lustspiel bis zum heutigen Tage in Frankreich, so sah ihn die Bühne auch als Oper. Der bekannte Componist des Richard Löwenherz André-Erneste-Modeste Grétry (geb. den 11. Febr. 1741, † 1813) liess zum ersten Male am 15. Juli 1788 aufführen: Amphitryon, opéra en trois actes. Der Text hierzu ist von dem bekannten Dichter Sédaine (1719—1767), der auch den Text zur Oper Richard Löwenherz lieferte. Sein Amphitryon ist indessen den Ausgaben seiner Werke nicht beigegeben. Die schwache Arbeit Gretrys [4]) errang wenig

---

[1]) Siehe darüber auch M. Hipp. Lucas, l. c. pag. 190.
[2]) Moland, V. 11.
[3]) Moland, V. 124.
[4]) F. Crozet, Revue de la musique dramatique en France. (Grenoble, Paris 1867.) pag. 44. C'est une des faibles productions de Grétry; elle contient cependant plusieurs airs remarquables, notamment l'air: „C'est au plus grand des immortels" et celui-ci „Juppiter dans le ciel même". (s. auch pag. 469).

Erfolg[1]) und zählt längst zu den vergessenen Tondichtungen.

Auch England hat seinen Amphitruo. Im Jahre 1690 erschien John Drydens (1631—1700) «Amphitryon or the two Sosias», a comedy.[2]) Die Widmung (The Epistle Dedicatory to the honourable Sir William Levison Gower, Bart.) ist vom 24. Oktober 1690. Er sagt in derselben die Namen des Plautus und des Molière seien mit derselben verknüpft. „'T is true, were this Comedy wholly mine, I should call it a Trifle, and perhaps not think it worth your Patronage; but when the Names of Plautus and Molière are join'd in it, that is, the two greatest Names of ancient and modern Comedy, I must not presume so far on their Reputation to think their best and most unquestion'd Productions can be term'd little." Er sagt ferner über die von ihm gemachten Aenderungen und Zusätze: „I will not give you the Trouble of acquainting you what I have added, or alter'd in either of them, so much, it may be, for the worse, *but only that the Difference of our Stage from the Roman and the French did require so.* But I am afraid, for my own Interest, the World will to easely discover, *that more than half of it is mine; and the rest is rather a lame Imitation of their Excellencies, than a just Translation.* 'T is enough, that the Reader know by you, that I never deserve, nor desire any Applause from it." Im weiteren spricht er von Plautus und Molière und wünscht „at least not to compare him (sc. Amphitryon) too strictly with Molière's."

Englische Uebersetzungen des Plautus, speziell des Am-

---

[1]) Crozet, l. c. pag. 413. Ces ouvrages ont eu peu de succès et n'ont rien ajouté à la reputation de leur auteur.

[2]) Enthalten im I. Bande „the Englisch Theater in eight Volumes, containing the most valuable Plays which have been acted on the London Stage. London 1765. pag. 157—239.

phitruo, lieferten später Ecchard (L. 1694) und Th. Coocke (1746.)

Der Inhalt der Dryden'schen Komödie ist folgender:

I. Akt. Mercury und Phoebus treten auf. Ersterer erzählt von einem Streite (a devilish quarrel), den soeben Juppiter mit Juno gehabt, und von den Absichten, welche der Gott auf ein Weib habe:

> Some Mortal, we presume of Cadmus' Blood:
> Some Theban Beauty; some new Semele,
> Or than Europa.

wie Phoebus vermuthet. Juppiter tritt auf und schilt die beiden, dass sie über seine Handlungen Kritik üben. Er liebe, weil es das Fatum verlange:

> I love, because 't was in the Fates I should.

Nach einer breiten Auseinandersetzung über das Fatum, gegenüber dem moralisirenden Phoebus, theilt er ihnen mit, dass diese Nacht zum Besten der Menschheit Herkules erzeugt werden soll:

> yet, thus far know,
> That, for the good of human Kind, this Night
> I shall beget a future Hercules;
> Who shall redress the Wrongs of injur'd Mortals,
> Shall conquer Monsters, and reform the World,

worauf Mercury witzig bemerkt: „Ay Brother Phoebus; and our Father made all those Monsters for Hercules to conquer, and contriv'd all those Vices on purpose for him to reform too, there's the Jest on't." 1. Da nun der tapfere Thebanerfeldherr Amphitryon morgen früh ankommen soll, erhält Phoebus den Auftrag, die Nacht zu verlängern, Mercury den, sich in Sosias Gestalt zu hüllen. Die Nacht erscheint auf ihrem Wagen und hält ein höchst langweiliges Zwiegespräch mit Mercury. 2. Der über die lange Abwesenheit ihres Gatten klagenden Alcmena bringt Phaedra die Nachricht von Amphitryons Heimkehr. 3. Juppiter als Amphitryon begrüsst Alcmena. Die Weiber bestürmen ihn mit Fragen. Alcmena will Nachrichten vom Kriege, Bromia von ihrem Gatten Sosia, Phaedra von ihrem Geliebten Gripus. Aber er hat nur Liebe für Alcmena und betritt mit ihr das Haus.

II. Akt. 1. Sosia tritt mit der Laterne auf; sein Monolog ist genau nach Plautus; er beklagt den Dienst bei einem grossem Herrn: «the greatest Plague of a Serving-Man, is to be hir'd to some great Lord» (vgl. V. 166 Opulento homini dura hoc magis seruitus est u. s. w.). Mercury vor dem Hause tritt ihm entgegen; die ganze Scene entfaltet sich nach Plautus.

2. Juppiter nimmt Abschied von Alcmena in einer Molière nachgebildeten Scene. Mercury macht nun der Phaedra eine Liebeserklärung, worüber ihn Bromia, die ihn für ihren Gatten Sosia hält, ertappt. Da sie ihn prügeln will — type of June — berührt er sie mit seinem Caduceus, worauf sie in Schlaf verfällt, und Mercury mit den Worten abgeht:

> For two such Tongues will break the Poles asunder;
> And, hourly scolding, make perpetual Thunder.

III. Akt. 1. Sosia berichtet seinem Herrn Amphitryon, was er erlebte. Dieser glaubt es nicht und schilt ihn heftig aus. — Alcmena mit Phaedra tritt auf, sie wollen zum Tempel gehen. Das Missverständniss zwischen ihr und Amphitryon hat zur Folge, dass sie mit den Worten scheidet:

> Oh! Nothing now can please me:
> Darkness and Solitude, and Sighs, and Tears,
> And' all th' inseparable Train of Grief,
> Attend my Steps for ever . . . .

Phaedra fordert nun von Sosia das ihr (von Mercury) versprochene Geschenk, den goldnen Becher (Gold Goblet), wovon er natürlich nichts weiss; ebenso kömmt Bromia, ihn zu schelten, dass er sie in Schlaf versetzt habe. Juppiter naht in der Absicht Alcmena zu versöhnen; er schickt den Sosia ab, um die Kriegsgefährten Polidas, Tranio, Gripus u. a. zum Festmahle zu laden. Alcmena erscheint auf dem Balkon. Juppiter winkt der Musik; es folgt Gesang und Tanz. Alcmena zieht sich düsteren Blickes zurück.

IV. Akt. 1. Juppiter besänftigt Alcmena und geht mit ihr; ebenso begütigt Mercury die Phaedra, indem er ihr den versprochenen Becher, den er unterdessen dem Gripus stahl überbringt. Mercury sieht Amphitryon nahen; er steigt auf den Balkon und schmäht von oben, obwohl er selber sagt: This is no very charitable Action of a God, to use him il who has never offended me, but my Planet disposes me t Malice; oder wie sich der Molièrosche Mercure ungleich feiner ausdrückt (III, 2):

> Ce n'est pas d'un dieu bien plein de charité;
> Et je me sens, par ma planète,
> A la malice un peu porté.

Amphitryon geräth in heftigen Zorn. Polidas, Gripus und Tranio nahen mit Sosia, der seinem Herrn gegenüber aufrecht erhält, er habe den Befehl sie einzuladen. Zornig eilt er ab, um Soldaten zu holen, welche ihm das Thor gewaltsam öffnen sollen. Da erscheint Juppiter auf dem Balkon. Obwohl die unten Stehenden nicht begreifen können, wie er hinaufkam, treten sie doch zum Mahle ein. Da auch Sosia hinein will (My Ticket is my Hunger, sagt er), tritt ihm Mercury in den Weg. Sie streiten, da tritt Phaedra auf, entsetzt die beiden Sosia zu sehen. (What have we here? a Couple of you, or do I see double?) Mercury jagt Sosia fort und giebt Phaedra auf ein Stampfen auf den Boden ein Ballet mit Gesang und den Pastoral Dialogue betwixt Thyrsis and Iris.

V. Akt. 1. Phaedra zeigt dem staunenden Gripus den

Becher, welchen sie von seinem Rivalen bekam; er erkennt ihn als den seinigen. Mercury kömmt und zwingt ihn, seine Ansprüche an Phaedra aufzugeben. Amphitryon naht mit Waffen und befiehlt der Phaedra Alcmena zu holen; diese sagt ihm, der rechte Amphitryon sei im Hause. Voll Zorn will dieser ins Haus dringen, da tritt Juppiter mit Tranio und Polidas auf; beide sind nicht zu unterscheiden. (Two Amphitryons — both shine out alike — two Drops of Water cannot be more like — They are two very sames.) Amphitryon zieht sein Schwert und will Juppiter niederstechen, Tranio und Polidas halten ihn zurück. Niemand wagt es zu entscheiden. Alcmena kömmt hinzu, Juppiter gewinnt sie für sich.

> Thy Words, thy Thoughts, thy Soul is all Amphitryon;
> Th' Impostor has thy Features, not thy Mind.

ruft sie. Juppiter lädt nun alle zu einer Aufklärung ins Haus.

> Come in, my Friends: and thou who seemest Amphitryon;
> That all who are in Doubt, may know the true.

Unterdessen giebt sich Mercury der Bromia und Phaedra und dem Gripus und dem hinzukommenden Sosia zu erkennen als den Gott Merkur. Donnerschläge erfolgen. Amphitryon und Alcmena eilen aus dem Hause, Juppiter erscheint (in a Machine) und löst das Räthsel, alles nach Molière.

> Our Sovereign Lord Jupiter is a sly
> Companion; he knows how to gild a bitter Pill

sagt Sosia. Alle beglückwünschen Amphitryon, nur Mercury enthält sich dessen; «'T is a nice point!» meint er. Amphitryon wird Juppiters Gunst gerne dulden — he's a good Heathen!

Noch fügte Dryden einen Epilog, von Phaedra gesprochen, bei, welcher die schöne alte Zeit preist. Wie schön hatten es die Heidendamen!

Adult'ry was no Sin;
For Jove the good Example did begin.

Dryden hat in seiner Vorrede Recht; seine Arbeit ist halb Molière, halb Plautus. Molière ist aber immerhin seine Hauptquelle; er ist meist wörtlich übersetzt. Dem Plautus nähert er sich darum an jenen Stellen zunächst, wo ihm Molière am treuesten blieb, so z. B. II, 1 in dem ersten Auftreten des Sosia, in seiner Begegnung mit Merkur und die ganze Scene durch. Was Molière kürzte, nahm auch Dryden nicht auf; dagegen hat er die Dialoge übermässig erweitert und die ganze Fabel entsetzlich gedehnt, besonders einzelne Scenen mit ganz schalen nichtssagenden Reden ausgestattet und eine Unmasse seichter Witze über mythologische Dinge eingeschaltet.[1]) Darum hat er gerade von dem frischen Dufte der Molièreschen Komödie gar nichts in sich. Während bei Molière gerade in diesem Werke die hohe Kunst der Versification Bewunderung erzwingt, hat Dryden sein Lustspiel viel mit Prosa durchzogen und eine grosse Zahl sehr derber, vom moralischen Gesichtspunkte höchst zweifelhafter Stellen in das ohnehin ja freie Sujet eingelegt.[2])

Solch prickelnde Beisätze zeigen genau den Geist jener Zeit, dem Dryden so sehr nachgab, Dryden, der ja noch stark inficirt ist von jenem sittenlosen Lustspiele seiner Vorläufer,

---

[1]) Bisweilen auch mit satirischer Färbung, wie V, 1 gegen die Priester: „Our Jupiter is a great Comedian, he counterfeits most admirably: Sure his Priests have copy'd their Hypocrity from their Master."
[2]) Man vergleiche z. B. Phaedras Bemerkung I, 2: My Lady's Eyes are pinking to Bedward too; now is she to look very sleeply counterfeiting yawning . . . Juppiters Wort II, 2. Tell me and sooth my Passion, ere I go . . . und dann No no, that very Name of wife and Marriage is Poison to the dearest Sweets of Love u. s. f. Dies findet sich allerdings (I. 3) auch bei Molière, aber in wie unendlich feiner Wendung. Vgl. hiezu die Bemerkung bei Moland, V, 53.

von dem sich loszumachen er sich später allerdings bemühte.¹) Ganz nach dem Geschmacke jener Zeit sind auch die von ihm neu geschaffenen Gestalten, so z. B. die beiden Schwätzerinnen Phaedra und Bromia, steif, mit einer Art von Witz, die, da sie nicht aus dem Herzen kommt, nicht zum Herzen spricht, man möchte sagen voll akademischen Geredes, wäre es nicht zum grössten Theile recht inhalts- und geschmacklos.

Noch in diesem Jahrhunderte hat Deutschland einen Amphitruo erhalten. 1608 hatte Wolf Spangenberg den Amphitruo des Plautus übersetzt. Gegen das Ende des vorigen Jahrhunderts verlegte sich Joh. Mich. Reinhold Lenz (1750 -1792), der bekannte Freund Goethes, auf Nachahmungen plautinischer Lustspiele. Im Jahre 1774 erschienen in Leipzig seine fünf Lustspiele nach Plautus: Das Väterchen (Asinaria), die Aussteuer (Aulularia), die Entführungen (Gloriosus), die Buhlschwester (Truculentus), die Türkensclavin (Curculio).²)

Der deutsche «Amphitryon» ist von Heinrich von Kleist (1776—1811) und erschien 1808 in Dresden 8., die neue (wohlfeilere) Ausgabe stammt von 1818 (Dresden, Arnoldi) von Adam H. Müller mit einer schwer verständlichen Vorrede des Herausgebers. Adam H. Müller sagt (II): „Eigenthümlich und im edelsten Sinne des Werks (Wortes?) original ist diese Bearbeitung des Molière ... (V.) Mir scheint dieser Amphitryon weder in antiker noch moderner Manier gearbeitet: Der Autor verlangt auch keine mechanische Verbindung von beiden, sondern strebt nach einer gewissen poetischen Gegenwart, in der sich das Antike und Moderne — wie sehr sie auch ihr untergeordnet sein möchten, dereinst, wenn gethan sein wird, was Goethe entworfen hat — dennoch wohlgefallen werden."

---

¹) Vgl. Hettner, Geschichte der englischen Litteratur. 3. Afl. 1872. pag. 94.
²) S. Gesammelte Schriften von J. M. R. Lenz, herausgegeben von Tieck, Berlin (Reimer 1825) Bd. II pag. 1 ff.

„Erwägt man," fährt Müller fort, „die Bedeutung des deutschen und die Frivolität des Molièreschen Amphitryon, erwägt man die einzelnen von Kleist hinzugefügten, komischen Züge, so muss man die Gutmüthigkeit bewundern, mit der die komischen Scenen dem Molière nachgebildet sind: der deutsche Loser hat von dieser mehrmaligen Rückkehr zu dem französischen Vorbilde den Gewinn, kräftig an das Verhältniss des poetischen Vermögens der beiden Nationen erinnert zu werden."

Im ersten Akte tritt Sosias auf. Merkur, in der Gestalt des Sosias, jagt ihn unter Prügeln weiter. Juppiter nimmt von Alkmenen Abschied, nicht ohne durchblicken zu lassen, wer er sei. Er sagt (I, 4):

> Versprich mir denn, dass dieses heit're Fest,
> Das wir jetzt frohem Wiedersehn gefeiert,
> Dir nicht aus dem Gedächtniss weichen soll;
> Dass Du den Göttertag, den wir durchlebt,
> Geliebteste, mit Deiner weitern Ehe
> Gemeinen Taglauf nicht verwechseln willst.
> Versprich, sag' ich, dass Du an mich willst denken,
> Wenn einst Amphitryon zurückkehrt —?[1])
>
> Alk. Nun ja. Was soll man dazu sagen?
> Jupp. Dank Dir!
> Es hat mehr Sinn und Deutung als Du glaubst.

Charis, welche bei Kleist die Rolle von Molières Cléanthis spielt, bespricht sich mit Merkur, den sie für ihren Gatten Sosias hält. Sie scheiden, ohne sich zu verständigen.

Am Beginne des ersten Aktes erzählt Sosias dem Amphitryon, was ihm begegnete. Alkmene tritt mit Charis aus dem Hause; es folgt die Scene der Verwicklung. Alkmene

---

[1]) Weniger bedeutsam bei Molière nach dem Gespräche über Ehe und Liebe (I, 3).
J. Mais, belle Alcmène, au moins *quand vous verrez l'époux, Songez à l'amant*, je vous prie.
A. Je ne sépare point ce qu'unissent les Dieux.

zeigt zum Beweise der Wahrheit das Diadem des Labdakus, den er erschlug, das er ihr schenkte. Alkmene hält Amphitryons Benehmen für Verstellung (II, 2), wie auch bei Molière (II, 2):

> Abscheulich ist der Kunstgriff, er empört mich.
> Wenn Du Dich einer Andern zugewendet,
> Bezwungen durch der Liebe Pfeil, es hätte
> Dein Wunsch, mir würdig selbst vertraut, so schnell Dich,
> Als diese feige List zum Ziel geführt.

Eine ähnliche Scene entwickelt sich zwischen Charis und Sosias. Die vierte Scene gehört Kleists Erfindung. Alkmene kömmt mit Amphitryons Diadem, auf dem sie den Buchstaben J statt A findet. Sie wird darüber sehr verwirrt:

> Nicht nur entblösst bin ich von jedem Zeugniss,
> Ein Zeugniss wider mich ist dieser Stein.

Da naht Juppiter. Er sagt ihr:

> Es war kein Sterblicher, der Dir erschienen,
> Zeus selbst, der Donnergott, hat Dich besucht.
> — — — — — —
> Juppiter sagt' ich,
> Und wiederhol's. Kein anderer, als er,
> Ist in verflossner Nacht erschienen Dir.

Diese Mittheilung veranlasst Charis auch in ihrem Sosias einen Gott zu suchen (II, 6.):

> Und der sich für Sosias hier mir giebt,
> Der wäre einer der Unsterblichen,
> Apollon, Hermes, oder Ganymed?

eine Vermuthung, welche der plumpe Sosias endlich mit den Worten enttäuscht:

> Apollon, ich? bist Du des Teufels? — Der Eine
> Macht mich zum Hund, der Andre mich zum Gott? —
> Ich bin der alte, wohlbekannte Esel
> Sosias.

In der ersten Scene des dritten Aktes klagt Amphitryon über sein Loos, doch glaubt er noch an seine Gattin. Merkur auf dem Altan beschimpft ihn und warnt ihn „das Glück der beiden Liebenden" drinnen nicht zu stören. Sosias kömmt mit den Feldherrn, die er zu Gast geladen, worüber Amphitryon heftig schilt. Juppiter tritt aus dem Hause, die Feldherrn entscheiden sich für ihn, wie Sosias sagt (III, 5):

> Der ist der wirkliche Amphitryon,
> Bei dem zu Mittag jetzt gegessen wird.

Amphitryon eilt ab, um „eine Schaar von bewaffneten Freunden" zu holen. Juppiter geht mit den Feldherrn zu Tische, den hungrigen Sosias jedoch hält Merkur heraussen, ihm erzählend, dass ihm sein Weib Charis ein prächtiges Mahl bereitet habe, das er für ihn einnehmen werde. — Amphitryon ist mit Obersten und Volk zurückgekehrt, sie stehen zu ihm Ebenso bittet Sosias (III, 10) um Schutz:

> Und kurz ich bin entsosiatisirt,
> Wie man Euch entamphitryonisirt. [1]

Wieder tritt Juppiter ihm entgegen, und auch Alkmene entscheidet sich für den Gott; doch will sie gehen, denn ihre Ehre ist verletzt. Da nimmt Juppiter seine wahre Gestalt an; er löst die Verwirrung und verspricht die Geburt des Herkules, nachdem ihn Amphitryon bat:

> Was Du dem Tyndarus gethan, thust Du
> Auch dem Amphitryon: Schenk einen Sohn;
> Gross wie die Tyndariden, ihm.

---

[1] Das Wortspiel hat schon Molière (II, 8):
Et l'on me *des-Sosie* enfin,
Comme on vous *des-Amphitryonne*,
wobei Herausgeber auf den Trinummus des Plautus (V. 977)
Proin tute itidem ut *charmidatu's*, rursum [te] *decharmida*.
hinweisen. — Auch Dryden (III, 1): and also *Unsosiated* me.

Alle sind zufrieden und sprechen von Ruhm und Triumph. Nach keiner Seite hin fällt, wie bei den übrigen Bearbeitern, ein spöttisches Wort, wenn man der früheren Worte des Sosias über diese Himmelschen (II, 6) nicht mehr gedenken will:

>Sos. Dergleichen Heirath war mir stets zuwider.
>Char. Zuwider? Warum das? Ich wüsste nicht —
>Sos. Hm! Wenn ich Dir die Wahrheit sagen soll, Es ist, ein Pferd und Esel.
>Char.   Pferd und Esel!
>   Ein Gott und eine Fürstin!

Kleist ist wieder auf den rein mythologischen Stoff zurückgegangen und hat ihn in vielen Stücken veredelt und verfeinert. Er hat sich von Molière nur da losgesagt, wo er glaubte einzelnes mildern zu können, darum besonders im zweiten Theile. Alkmene ist hier thätiger und selbständiger bis zum Schlusse, als in allen übrigen Bearbeitungen, weil sie seit dem zweiten Akte den ganzen Vorgang ahnt. So ist also besonders II, 4, 5 Kleists eigene Arbeit; in allem andern hat er sich enge an Molière angeschlossen.

Verlag von **WILHELM FRIEDRICH** in Leipzig.

La Fontaine
seine Fabeln und ihre Gegner.
Von Wilhelm Kulpe.
in 8⁰ Mark 3.60.

„Diese erste deutsche Biographie des Verfassers der „*ample comedie en cent actes divers*" schildert in anziehender Sprache und unparteiischer Weise die Lebensumstände des Dichters und würdigt sodann diesen als Menschen, als Fabeldichter, als Moralisten und als Philosophen, überall Licht und Schatten gleichmässig hervortreten lassend und namentlich zur Appretiation der Fabeln und deren Moral lehrreiche Beiträge liefernd, die sich für einzelne derselben zu einem fast vollständigen Sachcommentar gestalten. Der letzte Abschnitt handelt von den literarischen Gegnern La Fontaines, von denen Lamartine gebührend abgefertigt wird, während der Gegensatz zwischen der Lessingschen und La Fontaineschen Fabel auf eine Charakter-Antithese beider Persönlichkeiten zurückgeführt wird. Das Buch verdient allen Freunden der Literaturgeschichte bestens empfohlen zu werden."

Zeitschrift für Realschulwesen V, 3.

Maximilian Robespierre.
Ein Lebensbild nach zum Theil noch unbenutzten Quellen
von **Prof. Dr. Karl Brunnemann**
Director der Realschule in Elbing.
In gr. 8⁰. Preis Mark 4.50.

Der bereits in weiteren Kreisen durch seine Specialstudien zur französischen Geschichte und namentlich der grossen Revolution vortheilhaft bekannte Verfasser giebt auf Grund seiner 30jährigen Forschungen aus meistens noch unbenutzten Quellen die erste den Gegenstand erschöpfende Arbeit, die mit den vielen Vorurtheilen, welche wissenschaftlich gegen Robespierre verbreitet sind, gründlich aufräumt. Das Werk wendet sich nicht nur an Historiker vom Fach, sondern an das grosse gebildete Publikum, dem es bestens empfohlen sei.

In Vorbereitung befindet sich:

Molière's
versificirte Lustspiele in Auswahl in fünffüssigen paarweis gereimten Jamben, ins Deutsche übertragen
von
Adolf Laun.
In 8⁰. ca. *M* 6.—

Prof. Dr. A. Laun ist als gründlichster Kenner Molières bekannt. Diese Auswahl der 6 bedeutendsten Lustspiele (Die gelehrten Frauen, Misanthrop, Die Schule der Männer, Die Schule der Frauen, Sganarelle, Tartüffe) ist die erste lesbare deutsche Ausgabe Molières. Sie sei allen Freunden Molières bestens empfohlen.

Neue Werke
ausländischer Dichter

in

vorzüglichen Uebersetzungen.

Herausgegeben

von der

Verlagsbuchhandlung

Wilhelm Friedrich,

Verlag des „Magazin für die Literatur des Auslandes".

Durch alle Buchhandlungen zu beziehen.

LEIPZIG 1880.

Soeben erschien:

IRIS.
Dichterstimmen aus Polen.
Von
Heinrich Nitschmann.

Elzevir-Ausgabe. 18 Bogen.

In zwei Ausgaben: a) Pracht-Ausgabe, broch. M 5; geb. M 6.
b) Volks-Ausgabe, broch. M 3;

Heinrich Nitschmann ist als Vermittler des geistigen Verkehrs zwischen Polen und Deutschland bereits durch seine früheren vorzüglichen Uebersetzungen in weiteren Kreisen vortheilhaft bekannt. In der „Iris" bietet er nun dem deutschen Publikum eine neue Gabe, und zwar die vollendetsten epischen und lyrischen Schöpfungen von sieben der bedeutendsten Dichter Polens.

Inhalt.

Adam Mickiewicz.

Der Świteź, Ballade.
Die Świteźmaid, Ballade.
Frau Twardowska, Ballade.
Das Schlüsselblümchen.
Seefahrt.
An...
Drei Worte.
Der Tod des Obristen.
Das Gespräch.
Grażyna, litauische Erzählung.

Julius Słowacki.

Johann Bielecki, polnische Erzählung.
Der Vater des Pesterkrankten in El-Arish.

Sigmund Krasiński.

Naht heute oder morgen mir die Stunde.
Abschied.
Nun liegt es, dem gefallnen Engel gleich.
An Beatrix.
Das dürre Blättchen.
Zu allen Stunden.
Aus der Zelle der heiligen Theresa.

Anton Eduard Odyniec.

Das Altern des Geistes.
Die Kriegsgefangene, Ballade aus Litauens Vorzeit.
Die Hochzeit, Ballade.
Das unterbrochene Opfer.

Franz Morawski.

Die Thräne.
An eine Betende.
Wenn ich gewusst.
Teufel und Bauer.
Die Visite in der Nachbarschaft.

Vincenz Pol.

Die Hausgötter.
Die Lerche.
Kościuszko } aus den Liedern des
Der Abschied } Janusz.
Aus: „Lied von unserm Hause".
Der Starost von Kisla, Jäger-Tradition.

August Bielowski.

Das Lied von Heinrich dem Frommen.

Anmerkungen.

Einige Urtheile der Presse
über
Heinrich Nitschmann's
bisherige Uebersetzungen

(im Auszuge).

Der Polnische Parnass.

Erste Auflage. — Danzig, Bertling, 1860.

Elbinger Anzeigen (Elbinger Zeitung) vom 23. Mai 1860.

Es weht ein eigenthümlicher, meist schwermüthiger, ergreifender Duft durch diese Blüten der Poesie, welchen die vortreffliche, von einem selbst dichterischen Gemüth Zeugniss ablegende Uebertragung, die, bei aller Treue in Versbau und Inhalt, doch nirgend die Uebersetzung erkennen lässt, vollständig wiedergiebt...

Warschauer Zeitung vom 20. Juni 1860.

.... Auf welche Weise sich H. Nitschmann seiner Aufgabe entledigte, dafür möge beispielsweise folgendes Gedicht von Kasimir Brodziński sprechen:

Die Tanne.

Liebchen, uns sind schöne Stunden
Unter diesem Baum entschwunden:
Doch mich beugt die Ahnung nieder:
Niemals kehr' ich hieher wieder.

Werd' in Noth und Tod versinken.
Magst dann bei des Mondes Blinken
Dich der Mutter Arm entziehen,
Heimlich zu der Tanne fliehen.

Singe dann die Minnelieder,
Die im Lenz du sangest, wieder;
Echo wird sie weiter wehen
Ueber Thäler, über Höhen.

Und erhebe hoch das treue
Auge zu des Himmels Bläue,
Dort bin ich hinaufgegangen,
Dort erwart' ich dich mit Bangen.

Wenn sich, wie vom West beweget,
Der belaubte Wipfel reget,
Bin ich's selbst, der niederschwebet
Und die Tanne sanft durchbebet.

Will dir mit den kalten Händen
Dann hinab ein Zweiglein senden;
Nimm es, das ist meine Bitte,
Zum Gedächtniss in die Hütte.

Berliner Haude & Spener'sche Zeitung vom 14. Juli 1860.
Die poetische Literatur der Polen ist so wenig bei uns bekannt, dass es ein recht verdienstliches Unternehmen ist, dem deutschen Publikum Gelegenheit zu geben, die Lücke seiner sonst so universellen Literaturkenntnisse zu ergänzen. Die gewählten Proben sind von dichterischem Werth '..... die Uebersetzung ist fliessend und treu.

Breslauer Zeitung vom 26. Juli 1860.
Eine zierliche Gabe für schöne Hände und Herzen, mit welcher der ganz vorzügliche deutsche Uebersetzer, Heinrich Nitschmann, uns beschenkt.... Bei manchen dieser Dichter haben wir nur zu bedauern, dass uns nicht mehr von ihnen mitgetheilt ist, aber wir können der Auswahl jedenfalls das Lob ertheilen, dass die werthvollsten Blüten der polnischen Dichtkunst zu einem reizenden Strausse vereint sind, dessen Duft ganz besonders durch die ganz treffliche schwungvolle Uebersetzung wohl erhalten ist.

Wolfgang Menzels Literaturblatt vom 28. Juli 1860.
Die polnische Sprache gehört zu den schönsten und wohlklingendsten auf Erden.... Die vorliegenden Lieder sind von modernen gebildeten Dichtern und gleichen ganz denen der deutschen, englischen und französischen Lyriker der Neuzeit. Schön ist folgendes von J. I. Kraszewski:

Hab' lange mich umgesehen
Auf diesem Erdenball,
Konnt' nirgend das Glück erspähen —
Wo weilt es im weiten All?

Ich sah die Birke zittern,
Der Eiche wankenden Muth;
Die Axt wird beide zersplittern,
Ihr Los ist Flammenglut.

Ich hörte die Gräser sagen,
Dass sie der Huf versehrt;
Ich lauschte des Wassers Klagen,
Dass es der Sand verzehrt.

Die Wolke sollte mich lehren,
Ob ihr im Himmel so wohl:
Da schwamm ihr Auge in Zähren,
Sie wetterte dumpf und hohl.

Nun ging ich die Menschen fragen;
Ach, keiner kennt das Glück,
Nur Kampf und Mühen und Plagen,
Das ist der Menschen Geschick!

Hab' lange mich umgesehen
Auf diesem Erdenball,
Konnt' nirgend das Glück erspähen —
Wo weilt es im weiten All?

Neue Preussische (Kreuz-)Zeitung vom 4. September 1860.

..... Hier lernen wir eine ganze Reihe zum Theil jüngerer polnischer Dichter kennen und erhalten einen Begriff von dem regen Treiben, das auf den verschiedenen Gebieten der Poesie an den Weichselufern herrscht. Der Charakter der Nation spiegelt sich darin deutlich und, wie billig, von der vortheilhaftesten Seite: chevaleresques Wesen, Zierlichkeit, ein leichter fröhlicher Sinn und wieder die stärkste Hingebung an Religion und Kirche im Sinne des älteren Bekenntnisses .... (Folgt eine Auswahl von 6 Gedichten) ... Was die Uebersetzung anlangt, so verdient der Uebersetzer H. Nitschmann unsere Anerkennung und Achtung. Wie die mitgetheilten Proben hinlänglich werden erwiesen haben, sind seine Verse fliessend und wohllautend; sie haben einen poetischen Ton und scheinen auch, so weit wir davon urtheilen können, den Originalen mit Treue zu folgen.

Hamburger Jahreszeiten September 1860.

..... Eine Sammlung polnischer Gedichte ist etwas Neues, und das Neue zieht an. Man liest mit Zufriedenheit die Ergüsse eines Mickiewicz, Morawski u. A. m. in der fliessenden Uebersetzung von H. Nitschmann.

Hamburger Reform vom 10. September 1860.

.... Als ein hübsches Naturbildchen heben wir ein Gedicht von Bohdan Zaleski hervor:

> Das Lüftchen.
>
> Kind der Gesträuche,
> Spielt es in Wiesen;
> Neckt selbst die Riesen
> Ulme und Eiche;
> Wiegt dann die schweren
> Häupter der Aehren,
> Küsst auch die Rosen;
> Wellen aufbräuselnd
> Hüpft es zum Rohre;
> Müde vom Kosen
> Tiefer jetzt säuselnd,
> Stirbt es im Moore.

Neueste Nachrichten (München) vom 12. September 1860.

Diese Gedichte, meist elegischen Inhalts, zeichnen sich, nach der Uebersetzung zu urtheilen, durch tiefes Gefühl und eine unauslöschliche Liebe zum Vaterlande aus .....

Deutsches Museum herausgegeben von Robert Prutz. Jahrgang 1860.

Ein recht versprechendes Uebersetzertalent lernen wir in diesem Buche kennen. .... Die Dichtungen sind gewandt und fliessend und mit poetischem Verständniss übertragen.
Es findet sich darunter viel Schönes und Sinnvolles.

Der Polnische Parnass.

Zweite Auflage 1861. — Dritte Auflage 1862.

Elbinger Zeitung vom 2. Januar 1861:

Mit echt poetischen Worten führt der talentreiche Uebersetzer die von ihm mit wahrhaft dichterischem Geiste und Herzen übertragenen, aus dem reichen Schatze sarmatischer Poesien ausgewählten Gedichte ein in die Sprache der

Deutschen, und gewährt diesen damit einen tieferen Einblick in das Leben und den Geist des Nachbarvolkes, welches wir um seines traurigen Geschickes willen wohl zu bemitleiden uns gewöhnt, dessen eigenthümliches Wesen, dessen tiefes Gemüth aber, trotz der nahen Nachbarschaft, ja trotz vielfacher Verkehrsbeziehungen, dem deutschen Volke noch so fremd geblieben sind, dass es wenig davon begriffen, noch weniger richtig zu würdigen im Stande sich gesehen hat. Der geistige Verkehr der Nationen, die Würdigung der gegenseitigen nationalen Eigenschaften kann nur durch die gegenseitige Kenntniss ihrer Literatur, vor Allem ihrer Dichterwerke, richtig und ausreichend vermittelt werden. Nur der Geist ist das Leben, und daher kann auch nur ein geistiger Verkehr die Nationen lehren, einander zu begreifen und zu achten. Gewiss ist der Nationalcharakter der Polen von dem der Deutschen sehr verschieden; aber dennoch besitzt er ohne Zweifel manche, Beiden erspriessliche Anknüpfungspunkte, und die schönsten bietet Beiden die Poesie. Hier, wo der Mensch zum Menschen spricht, werden Beide, ungetrübt von äusserlichen Vorurtheilen, am reinsten und darum sicherten sich kennen, schätzen, ja vielleicht sich lieben lernen. Darum besonders begrüssen wir diese Uebertragungen in ihrer innigen Auffassung und vollkommenen Treue als ein Werk von höherem Werthe, von wesentlicher Bedeutung für die gegenseitigen Beziehungen beider Nationalitäten.

Preussische Zeitung (Berlin) vom 8. Januar 1861:
Die Gegenstände der Lyrik sind in den Gedichten dieser Auswahl mit grosser Tiefe und Zartheit der Empfindung behandelt. Ein mehr oder weniger starker Zug der Melancholie, an Lenau's Muse erinnernd, zieht sich durch die meisten dieser Gedichte.

Neue Stettiner Zeitung vom 29. Januar 1861:
.... Die Gedichtsammlung enthält manche schöne Perle der Poesie, die sie werthvoll macht.

Deutsches Museum (herausgegeben von Robert Prutz) Jahrgang 1861:
Ueber den Werth der getroffenen Auswahl sowohl wie der einzelnen Uebertragungen haben wir uns im vorigen Jahrgang dieser Zeitschrift ausführlich geäussert, und bemerken wir hier nur, dass die Sammlung durch die zahlreichen neu hinzugekommenen Gedichte nicht nur an Umfang, sondern vor Allem auch an innerer Bedeutung gewonnen hat . . . . .

Unterhaltungen am häuslichen Heerd (herausgegeben von Karl Gutzkow) vom 11. Juli 1861:
Das lyrische Element im strengeren Sinn wird in der Mehrzahl der Gedichte von dem betrachtenden überwogen; gemeinsam ist allen eine noch unverbrauchte Frische der Anschauungen und des Ausdrucks, soweit sich nach einer Uebersetzung urtheilen lässt, die fast durchweg vortrefflich zu nennen ist und den Eindruck der Ursprünglichkeit hervorbringt . . . . . .

Hamburger Jahreszeiten August 1861:
Hat dies Werk schon bei seinem ersten Erscheinen viele Liebhaber gewonnen, so dürfte es in seiner neuen Gestalt noch einer allgemeineren Beachtung sich zu erfreuen haben.

Hamburger Reform vom 19. August 1861:
Frische und Wärme der Empfindung, Einfachheit und Natürlichkeit im Ausdruck und Volksthümlichkeit im Ton machen die Mehrzahl dieser Lieder ungemein ansprechend. Einigen ist echt religiös-sittliche Gesinnung, Gedankentiefe und philosophische Lebensanschauung nachzurühmen. (Folgen einzelne Proben.) Verdient Herr Nitschmann Dank, uns etwas Gediegenes aus der Poesie eines so eigenthümlichen, gemüthvollen Volkes zugänglich gemacht zu haben, so hat er als Uebersetzer noch besondern Anspruch auf unsere Anerkennung. Die Sprache ist durchgängig edel, der Vers fliessend, der Reim ungesucht.

Abendblatt der Neuen Münchener Zeitung vom 10. October 1861:
Vorliegende Auswahl lyrischer Gedichte von polnischen, älteren und neueren Dichtern und Dichterinnen enthält manches Ansprechende in gewandter fliessender Uebertragung.

Blätter für literarische Unterhaltung Jahrgang 1862:
Die Sammlung enthält Gedichte von etc. . . . . . Die Uebersetzung ist gewandt und fliessend.

Rudolph v. Gottschall.

Illustrirtes Familienbuch des Oesterreichischen Lloyd:
Die Gedichte, welche der Uebersetzer mittheilt, lesen sich flüssig und scheinen danach gut übertragen.

Elbinger Anzeigen vom 22. Januar 1862:
Wir freuen uns, schon nach dem kurzen Zeitraum eines Jahres eine neue, die dritte Auflage dieses Dichterwerkes anzeigen zu dürfen; wir freuen uns besonders deswegen, weil wir aus der schnellen Verbreitung dieser Dichtungen erkennen, dass sie Anklang in den Herzen der deutschen Leser gefunden.

Tygodnik wielkopolski Jahrgang 1873:
(Uebersetzung:) Ein Buch von bedeutendem Werth. Der geschätzte Uebersetzer bereitet, wie wir hören, eine vierte Auflage vor. Die grossen Schwierigkeiten der „Maria" (Epos von Malczeski) besiegte Nitschmann vollkommen. Wir danken dem geehrten Uebersetzer für die Popularisirung unserer Literatur unter seinen Landsleuten.

Der Polnische Parnass.

Vierte Auflage. — Leipzig, F. A. Brockhaus, 1875.

Danziger Zeitung vom 28. Mai 1875.
. . . . Heinrich Nitschmann, ein feiner Kenner der polnischen Sprache und ihrer Literatur, hat sich als formgewandter, sinniger und liebevoller Uebersetzer aus dem Polnischen bereits einen guten Namen erworben. Die neue Auflage ist vortrefflich angeordnet und berücksichtigt eingehend alle poetischen Specialitäten . . . . Eine höchst werthvolle Bereicherung erhält dieselbe durch die Skizze einer polnischen Literaturgeschichte, welche die Dichtungen einführt. Wir lernen da Manches und erhalten interessante Aufschlüsse, welche der grossen Mehrzahl der Leser neu sein dürften . . . . Aus allen diesen Perioden literarischen Schaffens bringt uns der „Polnische Parnass" werthvolle Beiträge. Es ist etwas Fremdartiges in den wilden Balladen, den melancholischen Liedern, den sinnigen Gedichten, die alle in einem elegischen Mollaccord ausklingen. Aber das wird zu einem Reiz mehr für den Leser, zu einem um so grösseren, da die Uebersetzung sich auf's Liebevollste den Originalen anschmiegt und die Form mit einer Sicherheit beherrscht, welcher man die gebotene Unterordnung unter Sinn und Text des Originals nicht im Mindesten anmerkt. Die Poesien lesen sich wie eigene Gedichte und haben sich dennoch die Stimmung, den Ton und die volle Eigenart der slawischen Originale bewahrt. Auch derjenige, der auf den besonderen Reiz, welchen das Kennenlernen einer fremden nationalen Literatur gewährt, verzichtet, wird diese Gedichte mit grossem Genuss lesen. Am treuesten geben die Volkslieder und Sinnsprüche am Schlusse des Buches den Charakter der polnischen Poesie wieder. Man hört hier immer das rein Musikalische durchklingen, der Uebersetzer hat nicht nur den Sinn und die Form reproducirt,

auch sein Ohr hat die Klänge und Rhythmen der slawischen Volksweise i—
gehalten und dieselben der deutschen Wiedergabe zu verleihen versta...

.... Jeder Dichter wird durch biographisch-kritische Notizen eingeführt
Solches Material liesse sich gewiss zu einer eingehenderen Literaturgeschi b
verwerthen, als deren Illustration die vorzüglich übersetzten Dichtung-
dienen könnten.

Ruch literacki (Lemberg) vom 12. Juni 1875:

(Uebersetzung:) Wir besitzen in dem Werke von Nitschmann eine musterhaft
den Geist der Originale vorzüglich wiedergebende, dabei durchaus glatte u
von wahrhaft poetischem Schwunge getragene Uebersetzung einer Menge d
besten Schöpfungen polnischer Muse ..... Die Uebertragung ist nicht d
mühsame Fabrikat eines langweiligen Pedanten, dem es mehr um Philolog
als um Poesie zu thun ist, sondern ein, höherem Aufschwunge entsprossen
Werk der Begeisterung, das den Originalen so nahe als möglich kommt. D
literarhistorische Abriss und die biographischen Notizen bezeugen die v.l.
ständige Bekanntschaft des Uebersetzers mit der Geschichte sowohl als an i
mit dem gegenwärtigen Zustande der polnischen Literatur.

Freie Lehrerzeitung vom 2. Juli 1875:

.... Es bleibt eine der schwierigsten aber auch der dankenswerthesten lit
rarischen Aufgaben, die poetischen Schöpfungen fremder Nationen durch
Uebertragung in die Muttersprache den eigenen Landsleuten zugänglich zu
machen. Spiegelt sich doch kaum in einer anderen Hervorbringung der Ch
rakter und die besondere geistige Eigenart eines Volkes so treffend und tre
ab, als gerade in seinen Dichtungen. In ihnen offenbaren sich, den heilig
Lauten der Muttersprache anvertraut, die geheimsten Empfindungen, die tief
innerlichsten Regungen des Volksgeistes, die dunkeln Tiefen der Seele, u
der Schmerz des Unglücks sich mit Geierfängen in das Bewusstsein krall
und jene lichten Sonnenhöhen, in denen auf den Fittichen des Glaubens ode
der begeisterten Liebe der Menschengeist emporschwebt zur Gottheit. Sein
tiefsten Schmerz klagt ein Volk, seine höchste Lust singt es aus — in
Liede. Ein wie inniges und liebevolles Eingehen und sich Dahingeben
Sprache und Geist der fremden Nation gehört nun dazu, um bei der Wied r
gabe der Schönheit und Eigenthümlichkeit der Dichtung gerecht zu werden
Soll eine Uebertragung wirkungsvoll sein, so muss der Uebersetzer nach
schaffen, er muss selbst Dichter, er muss der eigenen Sprache in un
gewöhnlichem Masse mächtig sein und sie mit Leichtigkeit und Anmut
handhaben. Diesen Anforderungen ist der Uebersetzer der vorliegende
Sammlung durchweg in erfreulicher Weise nachgekommen. Er bewegt si
in jedem Versmass ungezwungen und mit Virtuosität, die correcte Form
artet nicht in Künstelei aus, sondern bleibt einfach und natürlich; ein r.l
erschöpflicher Reichthum von tadellosen Reimen steht H. Nitschmann z
Gebote und die Form des Sonetts erreicht oft eine wahrhaft **meisterhaft
Vollendung**: eine wohltuende edle Sprache mit den treffendsten Bilder
und Gleichnissen geschmückt lässt uns vergessen, dass wir Uebersetzung:
vor uns haben. So gehört der „Polnische Parnass" von Nitschmann oh
Frage zu den besten Leistungen der Uebersetzungsliteratur und v r
nehmen gern Veranlassung, den Dank für den Genuss, welchen uns die
Lektüre bereitet hat, abzutragen, indem wir zugleich der Hoffnung Ausdru
geben, der Herr Uebersetzer möge uns recht bald mit neuen Gaben seine
schönen Talentes erfreuen. Was nun aber vor Allem diesen Uebersetzung
den Stempel des Originals so oft in unverkennbarer Weise aufprägt, d
ist des Uebersetzers innige Sympathie für das Volk, dessen Dichtungen
uns vorführt, das dichterische Anempfinden, das ihn befähigt, der Eigenart
von Land und Leuten volle Gerechtigkeit widerfahren zu lassen. Es blüh
und duftet in diesen Gedichten die ächte Steppe und entfaltet vor uns i
magischen, bestrickenden Reize; die Ukraine steht hingezaubert vor uns
mit ihrem Blumenmeer und ihrer grossartigen Einsamkeit. Gehen wir nu

diesen allgemeinen Bemerkungen zu Einzelheiten über. (Folgt eine Anzahl von Dichtungen mit eingehender Besprechung. Hier geben wir nur:)

Zweierlei Ende.

Sie liebten sich ein Jahr — und schieden dann.
Für Beide naht der bittre Tod heran.

Die Jungfrau liegt gebettet im Gemach,
Am Kreuzweg der Kosak, ihn schirmt kein Dach.

Auf weichen Kissen ruht das Mägdelein,
Ein Mantel nur hüllt den Kosaken ein.

Die Maid hat Wein und Meth auf ihrem Tische,
Er hat nicht Wasser, dass er sich erfrische.

Die Jungfrau wird beweint vom Elternpaare,
Um den Kosaken krächzen gier'ge Aare.

So liegen sie in gleichem, schwerem Leide,
Von Fieberglut verzehrt; dann sterben Beide.

Die Glocke läutet ihr zum Himmelreiche,
Die Wolfsschar heult um des Kosaken Leiche.

Die Kirche weiht das Grab der Jungfrau ein,
Zerstreut im Winde bleichet sein Gebein.

Eine erschütternde Antithese ist in diesem Gedicht Bohdan Zaleski's durchgeführt, das wir auch wegen der schönen deutschen Form hier mittheilten.

Dr. R. Dorr.

Königsberger Hartungsche Zeitung vom 11. September 1875:
Die Uebersetzungen sind vorzüglich.

Posener Zeitung Nr. 847 Jahrgang 1875:
.... Nitschmann entrollt vor uns ein Bild der polnischen Literatur durch drei Jahrhunderte. Die von ihm gewählten Dichter und Gedichte rechtfertigen durch sich selbst ihre Wahl. Hauptsächlich sind es die polnischen Lyriker, die Nitschmann berücksichtigt hat, gemäss seiner eigenen individuellen Richtung, zum Theil auch die Epiker. Von den hervorragendsten Dichtern giebt er uns ganze grosse Dichtungen, die, wenn sie auch schon vorher in deutscher Sprache bekannt waren, doch mit seinen Uebertragungen keinen Vergleich aushalten können. Man vergleiche z. B., um nur eins zu erwähnen, die Uebersetzung der „Sonette aus der Krim" von Mickiewicz, eines Gustav Schwab, eines Peter Cornelius, oder die schöne Prosaübersetzung derselben von Prof. Moliński mit der Nitschmannschen Uebersetzung und man wird nicht in Zweifel sein, wem die Palme gebühre. Aber nicht nur der Reichthum des Gebotenen überrascht uns, auch die Mannigfaltigkeit des Tones, die dem Uebersetzer zu Gebote steht, setzt uns in Erstaunen. Der Ernst und die Feierlichkeit des religiösen Psalmes, der Schwung Mickiewiczscher Oden und der Dithyramben einer Zmichowska, die düstere Leidenschaft Malczeski's wie der leichte scherzende Vers Kraszewski's, oder Odyniec's, die sanfte Glut eines Liebesliedes, gleichwie das Feuer begeisterter Schlachtfanfaren — Alles steht ihm zu Diensten, ihm sind alle Sättel gerecht. Wenn wir die Goszczyński'sche Ballade „Peter Pszonka" lesen, so glauben wir es nicht mit einer Uebertragung, sondern mit einem Bürger'schen Gedichte zu thun zu haben.

Louis Kurtzmann.

Magazin für die Literatur des Auslandes vom 13. November 1875:
Das Bild, welches Nitschmann aus dem Dichtergarten Polens, von Rej. von Naglowice an in historischer Folge bis zu unsern Zeitgenossen herab, aufrollt, ist eben so anmuthig, als mannigfaltig; die einzelnen Stücke sind in dem

Interesse, die Dichter in ihrer berufensten Richtung zu zeigen, gut ausgewählt und mit schicklicher Gewandtheit übertragen.

Neue Preussische (Kreuz-) Zeitung vom 16. December 1875:

Seiner Zeit wurde in dieser Zeitung aus dieser Auswahl wieder eine Auswahl der Lieder mitgetheilt und zugleich der Wunsch ausgesprochen — ein seltener Fall! — das Buch möge ein wenig umfangreicher sein. Mit der vorliegenden Auflage ist dieser Wunsch erfüllt worden. Bei der Auswahl leitete den Uebersetzer augenscheinlich neben dem ästhetischen auch der Zweck, gegenüber den heute selbst auf dem Felde der Poesie herrschenden destruktiven Grundsätzen lautere Gesinnung und den Glauben an ewige Ordnungen als die schönsten Ideale zu erweisen.

Altpreussische Zeitung vom 19. April 1876:

Der „Polnische Parnass" bietet uns in vorzüglichster Uebersetzung die schönsten, kräftigsten Blüten polnischer Poesie. Mit feinstem Verständniss für die Eigenthümlichkeiten der Dichter überliefert uns H. Nitschmann die romantischen, epischen und lyrischen Gedichte von Adam Mickiewicz, Brodziński, Balladen von Odyniec, die gemüthvollen, glaubenskräftigen Lieder von Joh. Kochanowski u. A. Aus bester Ueberzeugung können wir die Lektüre dieser Gedichte, von denen jedes einzelne Zeugniss ablegt von dem ernsten Studium und der liebevollen Hingabe des Uebersetzers an seine Arbeit, unsern Lesern auf das Wärmste empfehlen.

Blätter für literarische Unterhaltung vom 21. September 1876:

Nimmer müde wird der Deutsche, die Geistesschätze fremder Nationen zu erforschen, zu bewundern und sich anzueignen. Es tritt vielleicht kein Volk vorurtheilsfreier als das unsrige an die Literaturen des Auslandes heran, kein Volk empfindet eine gleiche Freude, eine gleiche Genugthuung, das ihm specifisch Fremde und Unverwandte aufzusuchen und auf sich wirken zu lassen. Dies beweist wieder einmal der Erfolg der Nitschmann'schen Anthologie, die nach Verlauf von 15 Jahren nun bereits die vierte Auflage erlebte. ...
Von Kochanowski's tiefempfundenen „Elegien auf den Tod der Tochter" (Treny) mag folgendes Beispiel genügen:

> O traute Ursula, wo weilest du,
> Nach welchem Lande hast du dich begeben?
> Trug dich dein Flug des Himmels Fernen zu,
> Um in der kleinen Engel Schar zu leben?
> Ward dir im Paradiese deine Stelle,
> Empfing ein glücklich Eiland deinen Geist?
> Bot Charon dir den Trank der Lethequelle,
> Dass du nicht weisst, was mir das Herz zerreisst?
> Ward, von der menschlichen Gestalt befreit,
> Dir einer Nachtigall geflügelt Kleid?
> Musst du im reinen Feuer dort genesen,
> Weil dich das kurze Erdensein befleckt?
> Nahm dich der Tod dahin, wo du gewesen,
> Bevor du hier zu meinem Gram erweckt?
> Wo du auch weilest, hab' mit mir Erbarmen;
> Und darfst du nicht wie sonst dem Vater nahn,
> So tröste, wie du es vermagst, den Armen
> Als Geist, als Schatten, in des Traumes Wahn!

.... Mickiewicz ist der Gründer der romantischen Schule in Polen, die sich hauptsächlich an Byron und an die deutschen Classiker anlehnt. Doch ist sie immer noch selbständiger auf, als die russische, selbst in deren bedeutendstem Vertreter Puschkin. .... Was nun die Uebersetzungskunst des Herausgebers anbetrifft, so sind wir zwar nicht im Stande, Vergleiche mit dem Urtexte anzustellen: doch empfangen wir überall den zuversichtlichen Eindruck, dass er dem Original gerecht geworden ist und dabei doch der deutschen

Sprache die ihr gebührende Rücksicht hat widerfahren lassen. So schwer es ist, zweien Herren zu dienen, so verlangen wir dies doch von einem Uebersetzer, und Nitschmann liefert ein glänzendes Beispiel dafür, wieviel man verlangen kann. Die schwierigsten Leistungen scheinen uns die am Schlusse angefügten Verdeutschungen polnischer Volkslieder und Reimsprüche. Unter den Letzteren finden wir manchen originellen Gedanken.

Alexis Aar.

Gegenwart (herausgegeben von Paul Lindau) No. 47 Jahrgang 1876: Die Polen sind als Weltvolk allen Kulturvölkern hinreichend bekannt, aber ihre Poesie, sowie deren Geschichte, ist denselben verhältnissmässig unbekannt. Die Polen stimmen mit den übrigen slawischen Nationen darin überein, dass sie in volksthümlichen Liedern die Grundlage zu einem allgemeinen Ausdruck besitzen .... Dass die Polen so gut als die Deutschen den Roman Walter Scotts, die tragische Zerrissenheit eines Lord Byron und die romantische Ueberschwenglichkeit eines Victor Hugo nachahmen mussten, versteht sich von selbst. Mickiewicz war wohl derjenige Pole, welcher der Originalität der beiden Letztgenannten am nächsten kam. Die einzelnen Namen der hervorragenden Werke der polnischen Dichtung, sowie die Namen ihrer Verfasser, sind jedoch mit geringen Ausnahmen in Deutschland wenig bekannt. Es ist daher, ein grosses Verdienst des als Uebersetzer aus fremden neueren Sprachen schon lange höchst vortheilhaft bekannten Herrn Nitschmann, dass er im vorliegenden „Polnischen Parnass" eine anziehende Sammlung polnischer Dichtungen in treuer und geschmackvoller Uebersetzung zusammengestellt hat, woraus wir einen Ueberblick über die innere Bewegung des polnischen Geistes bei unsern östlichen Nachbarn gewinnen können .... Die wiederholten Auflagen dieses Parnasses beweisen thatsächlich, wie treffend der Herausgeber seine Wahl gemacht hat. Chronologische und literarische Notizen über die Dichter erhöhen noch die Brauchbarkeit der eleganten Sammlung, die hiermit bestens empfohlen sei.

Königsberg i. Pr. Karl Rosenkranz.

ioteka Warszawska 1877 Serya V. Styczeń Tom. I. Zeszyt I. (Uebersetzung aus dem Polnischen:) Deutsche Literatur, besprochen von Felix Jezierski*). Ausgewählte Dichtungen der Polen übersetzt von Heinrich Nitschmann, Leipzig 1875.
Die Epoche der argen Anachronismen in der Berichterstattung der ausländischen Presse über unser literarisches Leben ist also im Entschwinden. Und in gar wunderbarer Weise äusserte sich diese patriarchalische Unkenntniss! Mehr als einmal widerfuhr es einem Referenten beim flüchtigen Ueberblick über diese Literatur mit grossen Traditionen, den Titel des Werkes für den Namen des Autors zu nehmen u. s. w. Mit der Geschichte des Gedankens gleichwie mit der Geschichte des Staates ging man wie mit einer todten, nicht protestirenden Materie um, indem man aus ihr willkürliche Gestalten formte. Der Genius des Westens bediente sich lange der Freiheit Calderons, welcher Basilinsse zu Königen von Polen einsetzte und ihnen Verwandte wie: Estrella, Astolf und einen Sohn Sigmund gab, der von Kindheit auf durch einen Spruch seines Vaters zum Gefängniss verurtheilt war. Uebergehen wir indess die kindliche Phantasie des Poeten. Was haben wir nicht in sogenannten Ueberblicken über die polnische Literatur erfahren müssen! So bezeichnete Jemand z. B. als bedeutendste Schöpfung Malczeski's eine Erzählung unter dem Titel: Koczenieczowski oder Korzeniowski! Heute haben wir nicht mehr blos flüchtige Skizzen, sondern treffliche Uebersetzungen polnischer Schriftsteller in fremde Sprachen, welche jene Literatur in die ihr auf den Blättern der allgemeinen Literaturgeschichte gebührende Stelle einsetzen und ihren jenseits der Grenze durch Gleichgiltigkeit ver-

---

*) F. Jezierski ist ein hochverdienter polnischer Grammatiker und Kenner deutschen Sprache und Literatur.

wischten Ruhm von Neuem aufleben lassen. Als eine ganz besondere Fuga‹
des Schicksals aber müssen wir es, wenigstens im gegenwärtigen Augenbli٠k,
betrachten, dass bei der Verbreitung unserer Geistesprodukte nach auss⋅٧
hin das gewichtigste Korn auf germanische Erde fällt; weiter nach West⋅⋅
fliegt mit wenigen Ausnahmen nur das geringere, ja fast nur die Spre⋅⋅
Wenn ich dabei aber an die Wiedergabe der Meisterwerke unserer Poe⋅i⋅
denke, so fehlen dazu meist die entsprechenden Kräfte. Und eine schwac⋅⋅
Uebersetzung ist unzweifelhaft verderblicher als gar keine. Noch ungünstiger
gestalten sich die Dinge, wenn es sich um die Charakteristik unseres Gemein⋅
wesens handelt, und nicht blos unsere Literatur, sondern auch die Sitt⋅n
Ueberzeugungen, die gesellschaftlichen Zustände, das Verhältniss der ver
schiedenen Klassen zu einander, überhaupt eine Darstellung der Civilisati⋅n
nach allen Richtungen hin in Betracht kommt. Was hier die Feder, nament⋅
lich im Bereich der Erzählung, verübt, ist noch entsetzlicher, als die Er٠
sünde der Unwissenheit. Sie strotzt von Hohn, Sophismen und Irrthümern. —
Aber dieser Standpunkt dürfte nun überwunden sein. Das Erscheinen de⋅
Werkes von Heinrich Nitschmann schon in vierter Auflage beweist zur O⋅
nüge, dass es der deutschen Nation darum zu thun ist, ihre Literaturkenntni⋅⋅
auch auf diesem Gebiete zu vervollständigen. Hier vereint sich eine vorzug
liche Uebersetzung unseres Liedes harmonisch mit der edleren deutsch⋅⋅
Presse zu dem Mahnruf, dass es Zeit ist, jene Muse aus der Verbannung zu
rufen, in welche sie sich vor der ihr angethanen Schmach zurückziehen musst⋅.
Heinrich Nitschmann blickt mit Liebe auf den Entwickelungsgang unserer
Poesie, und nach dem Massstabe des Zuströmens neuer Schöpfungen wäch⋅t
seine Sammlung mit jeder neuen Ausgabe. Die vorliegende ist bis auf di⋅
jüngste Zeit fortgeführt; die letzten Seiten enthalten drei schöne Dichtung⋅⋅
des Zeitgenossen El-y. Die Einleitung, S. 3—31, ist einem Bilde der pol⋅
nischen Literatur gewidmet und fällt treffende Urtheile über die bedeutendst⋅⋅
Schriftsteller. Von der Liebe des Autors zur Sache zeugt nicht nur die
Thatsache dieses glänzenden Unternehmens an sich, sondern er spricht sie
auch selbst an mehreren Stellen aus. „In Deutschland," sagt H. Nitschmann
S. 28 seines Polnischen Parnass, „ist leider noch vielfach der Irrthum ver
breitet, als könne ein polnisches Werk nicht eben so vollendet, ein polnische⋅
Gedicht nicht ebenso schön sein, als ein deutsches oder französisches. Man
hält die Sprache für unmusikalisch und ungefügig, weil man sie nach d⋅⋅
rohen Dialekt der Landleute in Schlesien und Masuren beurtheilt, der⋅n
Organ durch schwere körperliche Arbeit rauh geworden ist. Wer sich ab⋅
mit der polnischen Sprache näher vertraut gemacht hat, muss ihren Wohl
laut und den bildsamen, ausserordentlich reich angelegten Organismus b⋅
wundern, der sie befähigt, sich jedem geistigen Ausdruck mit Leichtigk⋅i⋅
zu fügen." — Ausser dem allgemeinen Grundriss der Literaturgeschichte gi⋅⋅t
unser Autor an der Spitze der übersetzten Poesien jedes Dichters ein g⋅
haltreiches biographisches Bild desselben nebst einer Uebersicht über sein⋅
bedeutsamsten Schöpfungen. Der würdige Darsteller übergeht nichts, wa⋅
die glänzenden Seiten des Gegenstandes hervorzuheben geeignet wäre, von d⋅⋅
Volksliedern und Sagen, wie sie in der Hütte des Landmanns von Geschle⋅b⋅
zu Geschlecht sich fortpflanzen, bis zu den Mazurek's Chopin's und d⋅⋅
Opern „Der Flisse" und „Halka" von Moniuszko, „nächst Chopin dem grössten
Componisten polnischer Nationalität". Indem er mit Auszeichnung der Männ⋅⋅
der Vergangenheit gedenkt, hat er auch manches wackere Wort der Anerken⋅
nung für die Zeitgenossen. Zur Beurtheilung der Prosaiker dient ihm al⋅
Hauptmassstab der Grad des Nationalen, zu welchem der betreffende Schrift⋅
steller sich emporgeschwungen hat. Sogar bei den Dichtern hebt er m⋅⋅
Anerkennung und mit Lob ihren Uebergang vom Kosmopolitismus zur natio⋅
nalen Poesie hervor.... „Eine neue und überaus glückliche Form der Er⋅
zählung", heisst es weiter, S. 25, „erfand K. W. Wojcicki.*) Seine Gaw⋅⋅⋅⋅

---

*) Wojcicki, geb. 1807 zu Warschau, gest. 1879, hat sich durch wichtig⋅
Forschungen im Gebiet der älteren polnischen Sprache, Literatur und Sitt⋅
ausgezeichnet.

(Plaudereien) muthen den Leser an, wie Mittheilungen aus dem Munde eines gern und angenehm plaudernden Alten. Er wirkt seit 1842 als Redakteur der zu den besten Zeitschriften zählenden „Warschauer Bibliothek" (Biblioteka Warszawska) . . . . . Der riesenhaften Thätigkeit J. I. Kraszewski's erkennt er, ausser der Bereicherung der Literatur mit den verschiedenartigsten Werken, das Verdienst zu, die seichten Roman-Uebersetzungen verdrängt und die polnische Erzählung in die Salons eingeführt zu haben. . . . Wenden wir uns nun zur Uebersetzung. In seiner umfangreichen Sammlung (340 enggedruckte Seiten) führt H. Nitschmann dem deutschen Publikum sowohl theilweise als auch vollständig die Schöpfungen der Dichtkunst vor, und die Auswahl ist eine treffende zu nennen. Er beginnt mit Nikolaus Rej, von dem er unter anderen das Gedicht „Die Tugend" bringt. Länger verweilt er bei Johann Kochanowski und beginnt mit dessen Liede „Was verlangst du von uns, Herr", es folgen drei Psalmen u. s. w. Auch die Elegien Kochanowski's hat er nicht vergessen; in ihnen fühlt man sogleich die Meisterhand des Uebersetzers. Die Vorzüge der Uebertragung als eines deutschen Werks sind von der deutschen Kritik rühmend hervorgehoben worden. Alexis Aar lässt sich in seinem Artikel „Neue Lyrik" über die Leistung Nitschmanns vernehmen (siehe diesen Prospect S. 10) . . Hier wird sich der Leser von der Treue der Uebersetzung durch einige Beispiele überzeugen können.*) Aus den Elegien auf den Tod der Tochter, wörtliche Uebersetzung: siehe diesen Prospect S. 10. So gab Nitschmann das Original wieder. Auf Kochanowski folgen Auszüge aus den Poesien Drużbacka's etc. . . . ., weiterhin ein überaus schön übersetztes Gedicht Kniaźnin's:

Die polnische Mutter.

Schlafe, goldnes Kind, schlaf' ein! —
Mutter sang's mit süssem Leben —
Du mein Hoffen, du so rein,
    Du mein ganzes Leben.

O, es schläft! Genug, du Lieb,
Rannen heute deine Zähren,
Deine Aeuglein, kaum so trüb,
    Wird der Schlaf verklären.

Kind, du weisst nicht, wie viel Leid
Deine Mutter noch erwartet,
Bis sie sich daran erfreut,
    Dass du wohlgeartet;

Bis dein Herz mir dafür dankt,
Dass ich jetzt dich Schwachen schütze,
Bis, wenn meine Kraft einst wankt,
    Du mir wirst zur Stütze.

Bis das Land voll Stolz dich liebt,
Bis dich schmückt der Tugend Krone,
Und der Ruhm mir Kunde giebt
    Von dem edeln Sohne.

Ach, wer ahnt, was noch geschieht
Unter Dolchen wirst du sterben!
Wahnbild, das mein Auge sieht,
    Weissagst du Verderben?

Wirst wohl gar durch böse That
Einst noch deinen Namen schänden,
Dich, entfernt vom Tugendpfad,
    Zum Verderben wenden.

---

*) Die polnischen Originale sind im Vorliegenden durchweg fortgelassen.

> Schmach wird dann vielleicht mein Lohn
> Und ein kummervolles Ende,
> Dass dich undankbaren Sohn
> Pflegten diese Hände.
>
> Du verräthst vielleicht das Land,
> Trachtest nach der Brüder Leben —
> Welche Angst mich übermannt!
> Meine Glieder beben.
>
> Sollte meine Hoffnung sich
> So in schweren Gram verkehren! —
> Sprach's, und heiss und bitterlich
> Flossen ihre Zähren.

Von Seite 74—96 giebt uns der Uebersetzer einzelne Abschnitte aus Feliński's Drama „Barbara Radziwiłł", namentlich aus dem ersten, dritten, vierten Akt, und das Ende des letzten Akts. Ausgezeichnet wiedergeschaffen ist die Scene des 3. Aktes, in welcher Boratyński dem Könige zu Füssen fällt, aber ein wahrer künstlerischer Triumph des Uebersetzers ist der Schluss der Tragödie, wo der König erfährt, durch wen Monty zu dem Verbrechen getrieben worden ist.... Hier lassen wir blos die Worte der sterbenden Barbara folgen:

> Ich sterbe, Polens Mutter, August's Weib,
> Doch, wenn ich grausam, unverschuldet ende,
> Der Mord befleckte keines Polen Hände!

..... Es ist zu bedauern, dass Nitschmann uns keine Auszüge aus Mickiewicz letzter Epopöe (Pan Tadeusz) giebt, der er in seinem Abriss der Literaturgeschichte so rühmend Erwähnung thut. Dafür wird jedoch der deutsche Leser zum Theil durch die Sonette dieses Dichters entschädigt. Wir rechnen es dem Uebersetzer als Verdienst an, dass er, bevor er zu den „Sonetten aus der Krim" übergeht, nicht das Sonett „An den Niemen" vergisst, welches mit folgenden Worten endigt:

> Wo ist des jungen Herzens so stürmisch süsses Schwellen?
> Wo lacht mir wieder Laura's, der Freunde Angesicht?
> Ach! Alles ist vergangen — nur meine Thränen nicht!

Das „Grab der Potocka" ist mit der ganzen vollendeten Zartheit des Originals wiedergegeben, — hier ging auch nicht eine Thräne verloren. Die „Sonette aus der Krim", 18 an der Zahl, reichen von Seite 207 bis 216. Die Gewissenhaftigkeit erlaubte dem Uebersetzer nicht, aus dem beengenden Rahmen des Sonettenrhythmus herauszutreten. Aber ungeachtet dieser Fesseln fühlt man in jedem dieser Sonette den vulkanischen Pulsschlag des Vorbildes; an gewissen Stellen wiederum hat der Uebersetzer den Nachdruck des Originals, zwar nicht mit denselben Worten, aber doch dem Inhalt gemäss mit derselben Kraft wiedergegeben. Hier eine Stelle aus dem dritten Sonett:

Seefahrt.

> Die Zügel schüttelt jetzt das Schiff mit Macht,
> Erhebt den Hals, als witter es die Schlacht,
> Und stampft und schäumt im heissen Drang zu siegen,
> Um kühnen Laufes dann dahinzufliegen.
>
> Mein Geist begreift des Meeres innres Leben;
> Ich muss des Schiffsvolks Freudenrufe theilen,
> Die Phantasie schwillt üppig wie die Segel.
>
> Ich sinke an des Schiffes Brust mit Beben,
> Als könnte meine Brust den Flug beeilen;
> Ich ahne euer Glück, beschwingte Vögel!

Mit aufrichtigem Bedauern müssen wir die Citate beschränken. Hingerissen von dem Strom der Begeisterung seines Dichters kennt auch unser Uebersetzer „das Glück der beschwingten Vögel". — Ausser den Sonetten übersetzte Nitschmann noch „die drei Budrysse", „die Flucht" und einige lyrische Schöpfungen von Mickiewicz, an deren Spitze er „das Schlüsselblümchen" stellt. Die symbolische Blume spricht am Schlusse, wie folgt:

    Was mich für Marylka's Hände
    Heiligt, sag' sie selber dir, —
    Schenkte sie für meine Spende
    Nur die erste Thräne mir!

Im Ganzen verwandte der Uebersetzer die grösste Kraft seines Pinsels — und nicht vergebens — auf die Wiederschöpfung der Gebilde dieses Genius .... Am reichsten beschenkte Nitschmann die deutsche Lesewelt mit den Schöpfungen Brodziński's und Malczeski's. Von Seite 149 bis 172 giebt er nach einem gehaltvollen Lebensabriss Kasimir Brodziński's einige seiner kleineren Poesien und lässt dann den ganzen „Wieslaw" folgen. Die hexametrischen Verse (Gesang III und IV) der Uebertragung sind, wie man sich denken kann, fast wörtlich; aber ausser dieser Genauigkeit besitzen sie auch die ganze Anmuth und gewichtige Kraft der Voss'schen Uebersetzungen.... Ganz besonders regte Malczeski den edlen Schaffenstrieb unseres Autors an; er giebt sein Poem vollständig. In Maria erblickt er das Ideal polnischer Weiblichkeit. Wie hoch der Uebersetzer das Gedicht „Maria" schätzt, spiegelt sich deutlich in seiner Wiedergabe ab. In der Scene am Sterbebette Maria's ist er in tiefster Seele Eins mit dem Dichter. „Das ist Maria", spricht der unglückliche Waclaw:

    Das ist Maria. — Ach, ihr Reiz entwich;
    War es ein Wurm, der in ihr Herz sich schlich?
    Doch Waclaw steht nicht lange starr daneben,
    Schnell hat sein Geist besiegt des Körpers Beben,
    Erglühend beugt er sich zu ihr hernieder,
    Drückt einen Liebeskuss auf ihre Lider:
    „Maria — stumm und kalt — gieb mir Gehör —
    Uns blüht das Glück!" Das Echo spricht: „nicht mehr!" —
    „Maria! — durch den Kampf ward es entschieden —
    Wir sind vereint!" Das Echo spricht: „geschieden!"

Von Bohdan Zaleski führt Nitschmann ganz richtig die ehrenden Ausdrücke an, die über ihn in unserer Gesellschaft gebräuchlich sind..... Gegen Ende des Werks giebt N. sechs Volkslieder, darunter „Traurige Hochzeit" in Verbindung mit zweierlei Melodien (die zweite in Moll). Auf den letzten sechs Seiten finden wir die hauptsächlichsten Sprichwörter. Unter ihnen hat der Autor auch das eine, betrübenden Andenkens, nicht vergessen:

    Unter dem König aus Sassen (Sachsen)
    Heisst's: essen, trinken, den Gurt nachlassen.

Dieses Sprichwort überzeugt uns, wie Aar sagt, von der traurigen Wahrheit, dass das theure Geschenk, welches Sachsen den Polen in Gestalt zweier Könige gemacht hat, durchaus nicht den Kosten entsprechend gewürdigt worden ist. — Die Treue und die Schönheit der Uebersetzung, zwei Fundamental-Erfordernisse, mit welchen die Muse diejenigen ausstattet, die das Original mit warmer Liebe in sich aufgenommen haben, die treffende Auswahl des Inhalts und das gewichtige Urtheil über die hervorragendsten Persönlichkeiten, demnächst die anmuthige Form der Edition selbst rechtfertigen vollkommen die laute Anerkennung, durch welche Nitschmanns Werk vom deutschen Publikum ausgezeichnet worden ist. In einer späteren Auflage hoffen wir, neben neuen Schätzen, mit welchen die schöpferische Kraft unsere

Literatur bereichert haben wird, auch zu hören, wie Herr Wojski (in Mickiewicz „Herr Thaddäus") seine Fanfare auf dem Horn spielt. Das hoffen wir, indem wir viel auf die Macht der deutschen Rede und das Talent des Herrn Nitschmann zählen. Ehre dem Uebersetzer! Felix Jezierski.

Album ausländischer Dichtung

in vier Büchern: England, Frankreich, Serbien, Polen. In deutscher Uebersetzung von Heinrich Nitschmann. Danzig, Bertling, 1868.

Elbinger Zeitung vom 17. October 1868.

..... Möchte der Herr Verfasser, der die seltene Gabe besitzt, mit Leichtigkeit sich in Form und Geist fremder Sprachen zu orientiren, ja diese vollständig zu durchdringen, — möchte er diesen hier zusammengestellten, den vier genannten Nationen angehörenden Dichtungen eine vollständige, oder doch umfassendere Charakteristik der europäischen Völker, dargestellt aus ihren poetischen Erzeugnissen, folgen lassen. Ein solches Werk, dessen Schwierigkeiten allerdings nur von einem so seltenen Talent zu überwinden wären, würde ein unschätzbares Kleinod sein für jeden Freund der Dichtkunst, vornehmlich auch für den denkenden Kulturhistoriker. Es giebt neben H. Nitschmann schwerlich einen zweiten, dem ein so hochwichtiges Werk gelingen könnte.

Danziger Zeitung vom 28. October 1868.

Heinrich Nitschmann, der sinnige und gewandte Uebersetzer aus dem Polnischen, giebt uns in diesem neuen Werke den Beweis, dass er gleich geschickt Form und Geist der Poesien anderer Sprachgebiete den deutschen Lesern zu erschliessen vermag. Selbst das früher bereits Bekannte gewinnt in diesen meisterhaften, sich innig an das Original schmiegenden und dabei in der Form durchaus keinen Zwang wegen dieser Anlehnung verrathenden Uebersetzungen ein neues selbstständiges Interesse.

Elbinger Volksblatt vom 31. October 1868.

H. Nitschmann gab ein „Album ausländischer Dichtungen" heraus, dessen Inhalt das rühmlichst bekannte Geschick des Uebersetzers, seinen feinen Formensinn, das geistige Durchdringen und selbstständige Wiedergeben des Originals aufs Neue bekundet.

Posener Zeitung vom 11. November 1868:

Dem Uebersetzer muss Belesenheit und Geschmack zuerkannt werden, denn er giebt eine vortreffliche Auswahl ..... Aus der polnischen Literatur bringt die Sammlung u. a. das interessante polnische Poem: „Maria" von Malczeski, das wir hier zum ersten Mal würdig übersetzt finden. Diese Uebersetzung mit ihrer leichten, ungezwungenen Versifikation und ihrem prägnanten Ausdruck liest sich wie das Original.

Kölnische Zeitung vom 12. November 1868:

In diesem Werk sind die polnischen Nachdichtungen die interessantesten, weil sie in Deutschland weniger bekannt sind. Nitschmann ist ein recht gewandter Uebersetzer, und auch seine Auswahl bekundet eine glückliche Hand.

Berliner Haude & Spenersche Zeitung vom 20. November 1868:
> Es ist nicht blos mannigfache Sprachkenntniss, welche der poetische Uebersetzer des „Albums ausländischer Dichtung" bewährt, sondern auch nähere Bekanntschaft mit dem Genius der verschiedenen Nationen, wovon diese Uebertragungen Kunde geben . . . . .

Badische Chronik vom 22. November 1868:
> Das „Album etc." enthält eine Auswahl gut übersetzter Gedichte der bekanntesten Dichter von vier Nationen.

Danziger Zeitung vom 22. November 1868:
> Die Poesie eines Volkes ist mit seiner geistigen Organisation und seinem physischen Leben auf das Innigste verbunden; ihre Erzeugnisse führen uns denn auch, wenn wir nicht etwa nur ihre Oberfläche, die Form, in's Auge fassen, sondern in ihr inneres Wesen dringen, zu den Quellen, die seinem Charakter die treibende Kraft verleihen und auf seine Geschichte von tiefstem Einfluss sind. Aus diesem Gesichtspunkte aufgefasst, sind die poetischen Schönheitsideale der Völker ebenso Gradmesser für ihre geschichtliche Entwickelung wie sie uns gleichsam spielend offenbaren, was der Inbegriff ihrer Freuden und Leiden, ihrer Sehnsucht und Liebe, ihrer Kämpfe und Siege ist. Eine Sammlung von Proben solcher Schönheitsideale wird demnach immer ein hohes Interesse erwecken, zumal wenn sie mit Geist und kritischem Scharfblick, wie das in dem vorliegenden neuen Werke H. Nitschmann's der Fall ist, veranstaltet ist. Der Vorzug des interessanten Werkes liegt aber nicht allein in der höchst zweckmässigen Auswahl der einzelnen Proben, sondern auch in deren Uebersetzungen. In diesen zeigt sich Nitschmann als ein wahrhaft virtuoser Sprachkünstler; er weiss die Schönheit des Originals in dem deutschen Idiom zu wahren und dabei die Gedanken präcis wiederzugeben. Seine Verse sind correct, einschlagend und von echt musikalischem Klang und Trieb . . . .

Kasseler Zeitung vom 24. November 1868:
> . . . . . Die Auswahl ist eine sehr geschickte, die Uebersetzung eine vortreffliche.

Ostdeutsche Zeitung vom 10. December 1868:
> In guter Uebersetzung giebt uns H. Nitschmann eine Auswahl der schönsten Blüten der poesiereichen romanischen und slawischen Völker, und sind wir ihm namentlich zu Dank verpflichtet, uns mit den bis jetzt weniger bekannten Erzeugnissen der serbischen und polnischen Poesie bekannt gemacht zu haben.

Vossische Zeitung vom December 1868:
> Der Herausgeber und Uebersetzer Heinrich Nitschmann hat durchweg eine glückliche Wahl getroffen, allein noch mehr, er hat die sämmtlichen Dichtungen auch vortrefflich übertragen, sowohl im Geist des Originals, wie auch mit feiner Empfindung für die Schönheit und den Wohllaut der Sprache.

Europa Nr. 51 Jahrgang 1868:
> Das „Album ausländischer Dichtung" bringt . . . . Poesien in wohlgelungenen, mit dichterischem Talent gefertigten Uebersetzungen von Heinrich Nitschmann. Die Auswahl ist ebenso reichhaltig als vortrefflich.

St. Petersburger Zeitung vom 27. December 1868.
> In fliessender Uebersetzung und geschmackvoller Auswahl befreundet uns der Herausgeber mit einer Anzahl zum grössten Theil noch nicht bekannter Blüten ausländischer Dichtung.

Allgemeine Literaturzeitung (Wien) vom 15. Februar 1869:
Eine recht empfehlenswerthe, gut übersetzte und unterhaltende Sammlung, bei deren Auswahl namentlich das Nationale und Charakteristische als Augenmerk erfasst ist. Jeder der, ohne ein schwierigeres Studium ausländischer Poesie vornehmen zu können, sich dennoch in angenehmster Art einen Einblick in dieselbe verschaffen möchte, wird durchaus befriedigt von diesem Werke sein.

Hamburger Reform vom 20. Februar 1869:
Das Buch enthält manches hübsche Gedicht in sinniger Uebersetzung. Nitschmanns Sprachkenntniss und Talent, sich in fremde Dichter einzuleben, verdient volle Anerkennung und Dank.

Aachener Zeitung, Jahrgang 1869:
Die getroffene Wahl ist als eine glückliche zu bezeichnen, und die Uebertragung eine sowohl sprachgewandte, als sie auch den Geist der Originale so wiedergiebt, wie nur Jemand vermag, der selbst Dichter ist. Die Verse sind rein, es zeigt sich nichts Gesuchtes, so dass nirgend die Arbeit durchblickt.

Altpreussische Monatsschrift Februar-März 1871:
Eine Uebersetzung von Gedichten ist, für das grössere Publikum wenigstens, überhaupt dann nur berechtigt, wenn sie das Original ohne Rücksicht auf dasselbe vertreten kann und nach Form und Inhalt auch an sich zu befriedigen vermag. Diesen Ansprüchen nun genügt das vorliegende Buch jedenfalls in hohem Grade . . . . . Ueberall sind die Verse fliessend, die Reime ungezwungen und leicht, die poetischen Bilder anschaulich, die Gedanken klar und durchsichtig vorgetragen; man glaubt, abgesehen von dem charakteristisch nationalen Ton, deutsche Dichtungen vor sich zu haben . . . . .

Berliner Fremdenblatt vom 21. December 1871:
In vier Büchern enthält das Album formenschöne Uebersetzungen englischer, französischer, serbischer und polnischer Dichtungen . . . . .

Blätter für literarische Unterhaltung von 2. Mai 1872.
Das „Album" bietet reichen ästhetischen Genuss . . . . . Der Nachbildner hat die fremden Gedichte zu wirklich deutschen gemacht, ohne ihnen ihre nationale Eigenthümlichkeit zu nehmen . . . . . In der zweiten Abtheilung „Frankreich" freut es uns, auch Gresset zu finden, dessen in Frankreich mit Recht hochgeschätztes komisches Heldengedicht: „Ver-Vert" vollständig übersetzt ist. Den ironisch feinen, leicht scherzenden Ton der parodischen Epopöe hat der Uebersetzer sehr glücklich im deutschen Idiom getroffen. Der Vers fliesst leicht und klar in bewegtem Rhythmus dahin (folgt eine Probe) . . . . . In Rhythmus und Wortstellung ist bei Nitschmann alles natürlich und ungezwungen, und Ton und Farbe der Copie den Originalen, so verschiedenartig sie sind, entsprechend, Sprache und Vers sind rein und correct. In den serbischen Volksliedern geben sich in naivster Weise Leidenschaft, Trauer, Wehmuth, Scherz und Humor kund, und dem Verfasser ist es wohlgelungen, den entsprechenden Ton in seiner Nachbildung zu treffen (folgt eine Probe). Ein ähnliches Interesse gewährt die vierte, Polen gewidmete Abtheilung. Der Verfasser, der schon vor längerer Zeit einen „Polnischen Parnass" herausgegeben hat, scheint auf demselben sehr bewandert zu sein, und bietet in dem hier neu Hinzugefügten viel Schönes. Den Schluss des Ganzen bildet eine poetische Erzählung von Malczeski: „Maria"; der Uebersetzer hat auch hier wieder Vorzügliches geleistet.

Dreissig slawische geistliche Melodien
aus dem 16. und 17. Jahrhundert.

Mit vierstimmigem Tonsatze versehen von G. Döring. Deutsche Text-Uebersetzung von H. Nitschmann. Leipzig, A. Dörffel, 1868.

Elbinger Zeitung vom 8. Januar 1868:
Diese Melodien waren in alter Notenschrift gesetzt und hatten polnische Texte. Musikdirektor G. Döring hat dieselben in modernen Noten und vierstimmigen Tonsätzen hergestellt, erläutert und mit deutschen Uebersetzungen aus der Feder des rühmlichst bekannten Uebersetzers polnischer Gedichte: H. Nitschmann, versehen.

Königsberger Hartung'sche Zeitung vom 2. December 1868:
Der musikalische Alterthumsforscher Altpreussens, Musikdirektor Döring hat einen interessanten Fund slawischer geistlicher Melodien gemacht, für deren innere Kraft die Thatsache spricht, dass sie, wie wir vernehmen, in kleinen Concerten und in Schulgesangstunden mit besonderer Neigung gesungen werden . . . . . Da der vierstimmige Satz als gut sangbar und wohlklingend bezeichnet werden muss, können wir die kleine Sammlung umsomehr zum Gebrauche für öffentliche Aufführungen, wie für Schule und Haus empfehlen, als auch die deutsche Uebersetzung von H. Nitschmann dem Inhalte wie der Form nach natürlich und das Gemüth ansprechend ist.   L. Köhler.

Danziger Zeitung vom 23. December 1868:
Es ist dieses Werk eine sehr interessante Bereicherung der hymnologischen Literatur und eine umfangreichere Fortsetzung der von G. Döring als Probe bereits früher herausgegebenen 7 slawischen Melodien, welche von der Kritik beifällig aufgenommen wurden . . . . . Die vierstimmige harmonische Bearbeitung der Melodien ist natürlich das Eigenthum des Herausgebers. Döring hat dabei alle Hilfsmittel die modernen Tonsatzes verwendet und zeigt sich als gewandter Harmoniker . . . . . Der deutschen Uebertragung der polnischen Texte hat sich Heinrich Nitschmann mit augenscheinlicher Liebe zur Sache unterzogen. Seine Sachkenntniss wurde von poetischem Gefühl unterstützt.
   Markull.

Danziger Dampfbot vom 12. Januar 1869:
Unser hochverehrter Landsmann im engeren Sinne, Musikdirektor Döring, der uns in Beiträgen zur Geschichte der Musik in unserer Provinz und in seiner Choralkunde so schöne Proben seiner vielseitigen und gründlichen Studien geliefert, hat jetzt dreissig slawische geistliche Melodien aus dem 16. und 17. Jahrhundert publicirt . . . . . Heinrich Nitschmann, der Herausgeber des „Polnischen Parnass" (werthvoller eigener Uebersetzungen polnischer Gedichte) sowie des Albums ausländischer Dichtung, hat sich nun, durch Herrn Döring angeregt, der Mühe unterzogen, die polnischen Texte zu übersetzen, und dies ist ihm in trefflichster, ansprechender Weise gelungen, so dass der Werth der Liedertexte vollkommen hervortritt.

Der Volksschulfreund (Königsberg), Januar 1869:
Von dem durch seine eifrigen und thätigen Forschungen in der Geschichte des Choralgesanges längst bekannten Musikdirektor Döring, dem bewährtesten Hymnologen der Gegenwart, ist eine Sammlung der schönsten slawischen Choralgesänge erschienen. Der Text ist von H. Nitschmann in vortrefflicher Weise aus dem Polnischen in's Deutsche übersetzt (folgt eine Textprobe) . .
   Heidler.

Im Verlage von **Wilhelm Friedrich** in Leipzig erschienen ferner:

Polnische Literatur.

Maria Stuart,
Drama in fünf Aufzügen
von
Julius Słowacki.
Uebersetzt von Ludomil German.
In 8⁰. 96 Seiten. Preis 2 Mark.

Słowacki's „Maria Stuart" gehört nicht allein zu dem Besten, was der polnische Dichter geschrieben, es ist überhaupt eine der hervorragendsten Schöpfungen der polnischen Literatur und hat sich auch im deutschen Gewande bereits viele Freunde erworben.

In der Schweiz.
Eine Dichtung Julius Słowacki's.
Uebersetzt von L. Kurtzmann.
In gr. 8⁰. 16 Seiten. Preis 1 Mark 50 Pf.

Diese vorzügliche Nachdichtung eines der schönsten Liebesgedichte der Weltliteratur kam nur in wenigen Exemplaren in den Handel.

Goethe's
„Hermann und Dorothea"
und
„Herr Thaddäus oder der letzte Einritt in Litthauen"
von
Mickiewicz.
Eine Parallele
mit Beigaben von mehreren übersetzten Auszügen aus dem letzteren Gedichte
von
Alexander Pechnik.
In gr. 8⁰. 101 Seiten. Preis 2 Mark.

Ein äusserst interessanter Vergleich der beiden Dichterheroen. Die Uebersetzungsproben von Pechnik haben allgemeinen Beifall gefunden, und stellt derselbe eine vollständige Verdeutschung des „Herr Thaddäus" in Aussicht.

J. I. von Kraszewski
in seinem Wirken und seinen Werken.
Eine biographisch-kritische Skizze
von
S. von Bohdanowicz.
In gr. 8⁰. 160 Seiten. Preis 8 Mark.

Es ist die erste erschöpfende Biographie des fruchtbarsten Dichters der Neuzeit, dessen Bestrebungen der Verfasser würdigt. Eine Aehrenlese aus Kraszewski's Werken und eine bibliographische Uebersicht derselben nach Jahren geordnet, bietet ein neues Bild des rastlosen Schaffens.

Ungarische Literatur.

König Buda's Tod.
Ein Epos
von
Johann Arany.
Aus dem Ungarischen übersetzt
von
Albert Sturm.
in 8⁰. 176 Seiten. Mark 3.—; elegant gebunden Mark 4.—.

Arany's epische Dichtung „Buda halála", welche bekanntlich zu den bedeutendsten Schöpfungen der ungarischen Literatur gehört, hat auch in Deutschland ungemeinen Anklang in der vortrefflichen Uebersetzung von Prof. A. Sturm gefunden. Das Epos greift stofflich in den Sagenkreis des „Nibelungenliedes" ein.

Der Wahnsinnige Petöfi's
(Az Örült).
Originaltext der ersten Ausgabe.
Verdeutschung — Lesearten — Commentar
von
Hugo von Meltzl.
in 8⁰. 16 Seiten. 50 Pfennig.

Der „Wahnsinnige" ist ein Gedicht von der packendsten Wirkung und ist nach dieser Ausgabe ins Italienische, Französische und Englische übertragen. Es ist in keiner deutschen Sammlung Petöfi'scher Gedichte bisher erschienen.

Petöfi's Tod vor dreissig Jahren.
1849.
Jókai's Erinnerungen an Petöfi
1879.
Historisch-literarische Daten und Enthüllungen, bibliografische Nachweise.
Zusammengestellt
von
K. M. KERTBENY.
Mit einem Plan der Schlacht von Schässburg.
in gr. 8⁰. 100 Seiten. Mark 2.—

Der unermüdliche Kertbeny, der literarische „ehrliche Makler" zwischen Deutschland und Ungarn, hat aus dem reichen Schatze seiner persönlichen Erinnerungen alles zusammengetragen, was er über seine beiden Lieblinge Petöfi und Jókai Wissenswerthes aufstöbern konnte. Zum Schluss gibt der Verfasser vergleichende Uebersetzungsproben Petöfi'scher Gedichte. Allen Freunden der Petöfi'schen und Jókai'scher Muse sei das Schriftchen aufs Angelegentlichste empfohlen.

Italienische Literatur.

Ugo Foscolo's Gedicht
VON DEN GRÄBERN
(DEI SEPOLCRI).
Übersetzt von
PAUL HEYSE.
in 8°. 32 Seiten. Mark 1.—

Paul Heyse, der Meister der Uebersetzungskunst, führt hiermit eine der schönsten Blüthen des italienischen Dichterparnasses dem deutschen Publikum vor. Das Bändchen kann als Supplement zu Heyse's „Verse aus Italien" betrachtet werden.

Ausgewählte Gedichte von Giosuè Carducci.
Metrisch übersetzt von
B. Jacobson.
Mit einer Einleitung von Karl Hillebrand.
in 8°. XL, 122 Seiten. broch. Mark 3.—, eleg. geb. Mark 4.—

Einer der hervorragendsten Kritiker, Professor Karl Hillebrand, sagt von Carducci, er sei einer der bedeutendsten, vielleicht der erste unter den Dichtern, welche Europa seit dem Tode Heinrich Heine's hervorgebracht. Die Uebersetzungen stehen nach dem Urtheil der Gesammtpresse unerreicht da.

Prof. Julius Schanz' Übersetzungen:

Kornblumen und Immergrün. Eine Dichtergabe aus Italien. Band I. (104 Seiten), Band II (104 Seiten), Band III (104 Seiten) in gr. 8°. à Mark 2.—.

Italien, Deutschland, Oesterreich im Spiegel moderner Dichtung. in gr. 8°. 48 Seiten. Mark 1.—

Ein Dichter der Monarchie (Vittorio Imbriani). in gr. 8°. 16 Seiten. 50 Pfennig.

Monarchie und Poesie in Italien. Giosuè Carducci — Giovanni Rizzi — Andrea Maffei — M. A. Canini — Vittorio Imbriani — Pietro Ardido — Aurelio Costanzo. in gr. 8°. 80 Seiten. Mark 1.50.

Schanz ist eigner Dichter, er hat sich bekanntlich von jeher zum eifrigen Vermittler zwischen deutscher und italienischer Literatur gemacht; er ist mit fast allen italienischen Dichtern eng befreundet, welche die deutsche Poesie durch Uebersetzungen in Italien einzubürgern suchen. Umgekehrt sucht er den reichen Liederkranz Italiens nach deutschen Tönen zu stimmen.

Englische Literatur.

DIE GOLDENE LEGENDE
von
LONGFELLOW.

Übersetzt von Elise Freifrau von Hohenhausen.
in 8. 232 S. broch. M 4.—, eleg. geb. M 5.—.

Im Versmaasse des Originals hat dieses Gedicht (der amerikanische Faust) des greisen amerikanischen Dichters umsomehr Interesse für Deutschland, da in ihm eine wahre Quintessenz der Rheinlandspoesie und ihrer Sagen enthalten ist.

Ausgewählte kleinere Dichtungen
CHAUCER'S.
Im Versmaasse des Originals in das Deutsche übertragen und mit Erörterungen versehen

von

Dr. John Koch.

Elzevier-Ausgabe. M. 2 —, eleg. gebunden M. 3 —

John Koch ist in den philologischen Kreisen bereits als gediegener Kenner der altenglischen Literatur bekannt, seine vorzügliche Uebersetzung von Chaucer's Gedichten, unter denen sich auch das berühmte „Parlament der Vögel" befindet, wird das vorhandene Interesse für die ältere englische Literatur in Deutschland noch steigern.

DAS MAGAZIN
für die Literatur des Auslandes
(Kritisches Organ der Weltliteratur)

Begründet 1832 von **Josef Lehmann**.

Herausgegeben von Dr. **Eduard Engel** in Berlin,

ist die einzige deutsche Revue grossen Stils, welche den gebildeten Leser in den Stand setzt, den literarischen Erscheinungen aller Kulturländer zu folgen. Sämmtliche für das deutsche Publikum interessanten Erscheinungen der Weltliteratur werden im „MAGAZIN" von den hervorragendsten Schriftstellern Deutschlands und des Auslands in längeren Essays oder knapperen geistvollen Kritikern besprochen. Der Leser des „MAGAZIN" hat die Sicherheit, dass ihm kein irgendwie wichtiges Werk der französischen, englischen, italienischen, spanischen Literatur unbekannt bleiben kann. Aber auch die Literaturländer zweiten Ranges werden ihrer Stellung entsprechend auf das Eingehendste berücksichtigt. Ebenso findet auch das Drama die liebevollste Pflege.

Damit aber nicht ausschliesslich die Literatur des Auslandes behandelt werde, bringt die stehende Rubrik „Deutschland und das Ausland" regelmässig als Leitartikel einen Aufsatz über die geistigen Beziehungen Deutschlands zu fremden Literaturen. Auch poetische Verdeutschungen unserer grössten Uebersetzungskünstler zieren das „MAGAZIN" vor allen andern Revuen.

Ausser den längeren Artikeln enthält jede Nummer des „MAGAZIN" eine „Kleine Rundschau", sowie eine grosse Fülle von wissenswerthen Notizen unter den Rubriken: „Literarische Neuigkeiten", „Aus Zeitschriften" (wobei alle Länder der Erde berücksichtigt werden) und „Bücherschau".

Das „MAGAZIN" zählt zu seinen ständigen Mitarbeitern Paul Heyse, Emanuel Geibel, Friedrich Bodenstedt, Alfred Meissner, Johannes Scherr, Prof. Max Müller (Oxford), Karl Witte, Dr. Karl Braun (Wiesbaden), Bret Harte, Emile Zola, Emilio Castelar, H. Nitschmann, A. R. v. Rangabé and viele andere namhafte Schriftsteller.

Der Preis beträgt pro Quartal nur 4 Mark. Wöchentlich erscheint eine Nummer in der Stärke von ca. 32 grossen Spalten.

Bestellungen nehmen alle Buchhandlungen und Postanstalten entgegen.

Eine Probenummer steht Jedem auf Verlangen gratis zur Verfügung. Sämmtliche Nummern eines begonnenen Quartals können nachgeliefert werden.

Leipzig. Verlagshandlung von **WILHELM FRIEDRICH**.

In demselben Verlage erschien ferner:

Bergel, Dr. Joseph: Geschichte der ungarischen Juden. Nach den besten Quellen bearbeitet. in gr. 8°. 160 Seiten. M 3.—

— Studien über die naturwissenschaftlichen Kenntnisse der Talmudisten. In gr. 8°. 104 Seiten. M 4.—

Brunnemann, Dr. Carl: Das Leben Maximilian Robespierre's. 14 Bgn. in 8°. M 4.—

Dentu contra Dreyfous. Ein interessanter Pressprozess vor dem Zuchtpolizei-Gericht zu Paris, in Sachen der Uebersetzung des Buches von Moritz Busch: Graf Bismarck und seine Leute. In gr. 8°. 24 Seiten. M —.80

Engel, Dr. Eduard: Die Uebersetzungsseuche in Deutschland. Dritte Auflage. (Erlebte innerhalb 4 Wochen drei Auflagen.) In gr. 8°. 32 Seiten. M —.50

Fischer, Wilhelm: Atlantis. Ein Epos in neun Gesängen. In gr. 8°. 266 Seiten. M 4.—

Goethe-Gedenkbuch in 16°. gebunden. M 1.50

Im Nihilistenstaate Neu-Sodom oder Historia von der schönen Dinah. Eine überaus tendenziöse Humoreske an Tag gegeben von Helwigk. Paris, anno 3000 p. Ch. n. In 16°. Mit Titelvignette. 50 Seiten. M 1.—

Katscher, Leopold: Bilder aus dem englischen Leben. Studien und Skizzen. 20 Bogen in 8°. M 6.—

Kleine, Dr. H.: Der Verfall der Adelsgeschlechter. Ein Mahnruf an den deutschen, österreisch-ungarischen und baltischen Adel im Interesse seiner Selbsterhaltung. Zweite Auflage. In gr. 8°. Mit Tabellen. 68 S. M 2.—

Kulpe, Wilhelm: Lafontaine, seine Fabeln und ihre Gegner. In gr. 8°. 178 Seiten. M 3.60

Pervanoglu, Dr. J.: Historische Bilder aus dem byzantinischen Reich.
Bd. I. Andronik Comnenus. M 2.50
Bd. II. Kaiser Alexius. M 2.50

— Culturbilder aus Griechenland. Mit einem Vorwort von A. R. von Rangabé, Griechischer Gesandter in Berlin. M 4.—

Schanz, Pauline: Adam Gottlob Oehlenschläger zu dessen hundertjährigem Geburtstag. In gr. 8°. 32 Seiten. M —.50

Zellenhaft, Die belgische, und deren Erfolge. Ein Votum aus Italien. In gr. 8°. 72 Seiten. M 1.—

Vorläufige Anzeige.

GESCHICHTE DER WELTLITERATUR
IN EINZELDARSTELLUNGEN.

Unter diesem Titel beabsichtige ich in Kurzem ein Unternehmen zu beginnen, welches in seiner Eigenart nicht verfehlen wird, in den allerweitesten Kreisen der Gebildeten freundlichste Aufnahme zu finden. An Literaturgeschichten ist zwar kein Mangel, eher ein Überfluss, — Beweis genug, dass das Bedürfniss des Publikums nach solchen Werken ein ausgesprochenes ist. Mein Unternehmen unterscheidet sich aber dadurch von den bisherigen Arbeiten auf diesem Gebiete, dass jede einzelne Literaturgeschichte genau einen in sich völlig abgeschlossenen Band enthalten wird, aber alle von dem einheitlichen Gesichtspunkte geleitet werden, in angenehmer, nicht doktrinärer Darstellung ein Bild des Besten zu geben, was die betreffende Literatur aufzuweisen, hat, dieses Beste durch geschmackvoll ausgewählte Proben (vielfach in metrischen Uebersetzungen) zu illustriren und mit dem grossen Wust der unbedeutenden Namen und Bücher, diesem leidigen Ballast aller bisherigen Literaturgeschichten, gründlich aufzuräumen und nur soviel davon mitzutheilen, um den Charakter eines brauchbaren Nachschlagewerkes und bleibenden Handbuches nicht zu beeinträchtigen.

Zunächst sind in Aussicht genommen:

Geschichte der polnischen Literatur (von Heinrich Nitschmann in Elbing.)
Geschichte der ungarischen Literatur (von Professor Gustav Heinrich in Budapest.)
Geschichte der französischen Literatur (von Dr. Eduard Engel in Berlin.)

Die Literaturgeschichten aller anderen Culturvölker werden in zwangloser Reihe bald folgen.

Die Herausgabe des ganzen Serienunternehmens legte ich in die Hände des Herrn Dr. Eduard Engel, Herausgeber meines „Magazin für die Literatur des Auslandes". Er wird sein Bestreben mit dem meinigen dahin vereinigen, dass das Unternehmen ein im besten Sinne populares wird.

Jeder Band ist wie gesagt vollkommen in sich abgeschlossen und umfasst die Literatur eines Volkes, von den ersten Anfängen bis zur neuesten Zeit. Der Umfang wird ca. 20—25 Bogen, die Ausstattung eine ungewöhnlich geschmackvolle und solide sein. Es werden nur gebundene Exemplare hergestellt à Band ca. 5 Mark.

Leipzig. **Wilhelm Friedrich,**
Verlag des „Magazin für die Literatur des Auslandes".

Druck von Hüthel & Herrmann in Leipzig.